AQUARIUS

AQUARIUS

AQUARIUS

AQUARIUS

每個人心中都有一座島嶼，

藉文字呼息而靜謐，

Island，我們心靈的岸。

萬物
皆有
裂縫
阿布◎著

推薦序

作為凡人，聆聽凡人——關於阿布的《萬物皆有裂縫》

文◎吳明益

我們之中思考死亡最清楚的，通常是哲學家與詩人。（Sherwin B. Nuland, 1995:75）

幾年前一位出身於醫學院，已經是合格醫師的學生坐在我課堂裡。我向來對文學科系以外來到創作所的學生格外有興趣，我認為如果文學既是一種專業，而這種專業其中一個主要責任與特質在於「呈現人性」，那麼它與其他專業最大的不同之處，就在於產出之前的「傾聽」與「挖掘」，以及之後的「呈現」。因此，所謂的文學技巧，也就分布在這三處。此外，文學也無法以自身的「專業」去拒斥任何想要進入的人——因為合理來說，這個領域為所有具備情感的對象，願意透過文字理解自己與他者的人開放。

何況這個人是精神科醫師，是已經寫過幾本散文、詩集，在替代役期間前往過史瓦濟蘭（現已改稱史瓦帝尼王國）服務，現今則以兒童青少年焦慮憂鬱症、注意力不足過動症、自閉症、亞斯伯格症等心理病症執業的專業醫師。

我個人在閱讀散文的歷程裡有幾層轉變，一是年輕時讀到台灣當時流行的「人生哲理散文」，並且以為那是這種文類的本質，直到後來接觸到沈從文的作品，才算是初步認識到了文字美學的另一個層次。第二次的轉變是自然書寫進入我的研究與閱讀與趣視野裡，把我的思想、敘事以及對於文字美學的定義再次拓荒，從此以後無論是formal or informal essay，只要是傑出作品，我都能享受其間迷人的魅力，也不再信奉傳統的美文以及感悟式的人生哲學文章。

與自然書寫深度相關的科學書寫，特別是醫學領域的科學寫作，或者更軟調些，具備醫師身分寫作者的醫療行為紀錄、生活或自然札記也非常吸引我。醫學是一個一旦跨入，就會成為敘事者「基源視野」的專業，身處醫學領域一段時間後，很難擺脫醫學的視野看待萬物了。

我這邊提到的並不是單指醫療寫作（Medical writing），這個詞專指傳遞醫療知識的內容。我指的是具備醫師資格或經歷的寫作者，如何將自身的經驗與情感化為非學術（non-academic）的文字，它的範疇包括了醫學研究、醫學專業，進而擴及到自身情感、哲學、藝術、社會，並且以多種的文體實現。正是他們的醫學專業，使他們在看待人間萬物或自身情緒時，展現出他們與一般作家不同的差異視野，也成就了醫師作家（physician writer）在文學史上的意義。

醫師作家在西方和台灣都不罕見，比如據說寫了《使徒行傳》與《路加福音》的聖・路加（St. Luke），以詩歌來傳達梅毒特性的吉羅拉莫・弗拉卡斯托羅（Girolamo

Fracastoro），伯納德．曼德維爾（Bernard Mandeville）和他的政治諷刺作品《蜜蜂的寓言》，放棄醫師職業而成為極為傑出英詩代表的濟慈（John Keats），海明威的偶像皮奧．巴羅哈（Pío Baroja y Nessi），對美國當代詩風極具影響力的詩人威廉．卡洛斯．威廉斯（William Carlos Williams），或者是和文夫艾西莫夫一同為科幻努力的珍妮特．傑普生（Janet Asimov）。更往後一些，還有後殖民文化評論家法農（Frantz Fanon）、科幻作家史丹尼斯瓦夫．利姆（Stanisław Lem）……這份名單在單位時間內可謂愈來愈長（因為醫學分支愈來愈廣，參與的人也愈來愈多），他們的作品與創作歷程大可寫成一本獨特的文學史，甚至是人類文明的發展史。

在台灣，自賴和以降，近年的醫師作家在各自的專業領域擴展非學術性書寫的跡象愈見顯明，不管是外科、老人醫學、心理醫學……都有專業醫師投入以非學術的型態寫作。只是文學院裡的研究會較聚焦在那些「曾獲得文學獎項」的醫師作家，不過，這也是非戰之罪，當文學研究者不具備一定程度的醫學知識時，如果遇到真正優秀的醫生作家作品，是有可能連其間的隱喻，或從醫學角度觀察出的洞見都無從發現。

與阿布相處之後，他花了一些時間想怎麼跨出自己原本寫作的窠臼，而我花了一些時間在想怎麼樣跟他對話。對已經出版數本著作的阿布來說，他自身已是一個自足的寫作者，擁有寫作材料的方向、意圖與欲望。當然，也絕對不是完全不懂寫作技巧，他現階段的突破，或許重點是放在如何擴展寫作內容，以及尋找哪一種節奏與風格適合自己。

在談話裡，阿布告訴我自己過去的詩偏向探討時間、生命的存有等議題，而散文部分主要是演繹精神醫學裡病與非病、受苦、去汙名化等問題。他在《實習醫生的祕密手記》裡，試著用普及性的語調去寫精神醫學，不過回頭看似乎為了要「普羅」，而過於偏向病人讀者的那一端，因此很希望自己的文字能朝向科學所創造出的美感更近一點。另一方面，他也想寫作小說，想以博物學家素木得一的「實敘事」（也就是田野筆記）作為根柢，開展出具有歷史深度、知識體系、生活景況的作品。

因為擔任授課老師，我有幸閱讀到這樣一個充滿可能性的作者的嘗試，他的〈蒐集金龜子的各種方法〉以一個白色恐怖入獄的醫師作為第三人稱的敘事主體，擷取的記憶片段是童年時和伙伴們捉金龜子的記憶，以及他在牢房裡的觀察。這篇作品最具有小說感的莫過於同牢房對金龜子也很熟稔的「林桑」。在小說裡，「素木標本」公案(註)被以小說化的方式呈現，那批可能偽造了採集地點的素木標本，原來禍首是「林桑」。林桑把素木留下的由他看顧的標本重新標上採集地點，抹去原來的採集地，比方說把一種綠色金龜標上了火燒島，原因只是牠的色澤近於綠島附近的海水顏色。

被重新標籤的標本們，原本是從其他殖民地被帶到台灣的，林桑刻意把這些科學家想「整理」的知識再次打亂，用意是讓後繼者重新走進田野，再次辨識。這是一篇有野心，用意也深遠的短篇小說。

另一篇命名為〈苔〉的作品，以一位女性陳美麗的命運和後來她愛上的苔蘚編織成生命史般的敘事，高潮處是她在人生陷入苦境時在瓦拉米（わらびwarabi，雖是日語，但取自布農語maravi的發音，也是蕨的意思）古道的一場奇遇。

這兩篇作品都是不錯的開始，但對只有一年光陰能留在學校裡的醫師身分作者來說，那個屬於阿布的「小說韻律」還沒有出來，尚是一枚藏有玉石的原石，要讓它從曖曖含光的狀態打磨出來，恐怕還得等上一段時光。

阿布摸索小說之際，一面也同時在進行著他的散文轉型嘗試。你手上的這本書，就是他嘗試的結果。阿布在和我討論時提到，臨床經驗是醫師書寫最多的一種材料，但這種材料涉及患者的疾病經驗時，常讓他擔心跨過紅線。另一方面，疾病也可能存在寫作者身上，因此醫者自身的疾病經驗，或許可以和患者經驗作為「受

註：朱耀沂教授所寫的《臺灣昆蟲學史話(1684-1945)》陳述過這個「公案」。一九一三至一九一六年，「素木得一為了鑑定臺灣產昆蟲的種名，帶著大批昆蟲標本執赴英國，三年後，他完成鑑定工作回臺時，似乎夾帶不少大英博物館蒐藏的已訂名昆蟲標本。素木把這些標本換貼為另一採集地點、日期的密碼式標籤，收藏在當時他服務的農業試驗場昆蟲部的標本室。換言之，『素木標本』指的是『一批來路可疑、但以臺灣產記錄並收藏的昆蟲標本』。」(p.157)

苦」經驗的觀看。第三個部分則是在資訊上較難處裡的科學理論。我和他都很喜歡所羅門（Andrew Solomon）所寫的憂鬱症著作《正午惡魔》（*The Noonday Demon: An Atlas of Depression*），那種使用大量知識又不至於成為枯燥醫療寫作的寫法，雖非一蹴可及，但也可以取徑取法。

最後則是阿布自己想強調的是：「**醫師本身**。」

和阿布有限的幾次談話裡（他留在學校的時光實在太短，期間我還客座他鄉），我可能不只一次和他提過年輕時閱讀努蘭醫師（Sherwin B. Nuland）作品的感動。他的《死亡的臉》（*How We Die: Reflections on Life's Final Chapter*），我認為本身就是一流的文學：「一個十八歲的男孩站在靈柩前，裡面是他幾乎認不得的老太太。即使在大約十二小時前，他曾哭著吻那不會反應的臉頰。裝在棺木中的物體，與以前的祖母有很大的不同。……」努蘭的筆觸下，死亡尋常而尊嚴，我特別印象深刻的是他提到：「現代，醫師被訓練成只去思考有關生命和威脅它的疾病。即使做屍體解剖的病理學家在解剖屍體時，也是尋找治癒的線索，這也是為了生者的利益；基本上，他們所做的，只是將時鐘往前撥了幾小時或幾天，回到心臟還在跳動的時候，以便弄清楚偷走病人生命的罪人。**我們之中思考死亡最清楚的，通常是哲學家與詩人。**」一個能思考死亡，而不只是對抗死亡的醫師，也有可能接近哲學家與詩人的。

後來我又讀到另一個醫師作家葛文德（Atul Gawande）的作品，在《凝視死亡》裡，他時而引用文學作為自己「無言」時的奧援，比方說在談到衰老時引用了菲立普・羅斯（Philip Roth）《凡人》的句子：「年老不是一場戰役，而是屠殺。」努蘭與葛文德，都是用醫師自己的經驗與眼光寫作的人，他們同時都更強調醫師的另一個身分：妻子、丈夫、兒子、情人……也就是說Being Mortal。這也是這本《凝視死亡》的英文書名。

身為凡人，或者，「作為」凡人，從出生就朝向死亡前進的凡人。

萬物都有裂縫，那是光照進來的契機。（There is a crack in everything. That's how the light gets in.）這是加拿大歌手柯恩（Leonard Cohen）的歌詞，當然，對我來說也是詩。阿布以此為標題，寫了從受苦者、醫學知識、醫師不同角度所觀看的精神問題。阿布的文字不再像過去一樣單純地熱情，而多了節制以及博雜的援引。那些援引讓身為讀者的我，有時迷惘，有時若有啟發，有時則純然地沉浸在他的敘事和那些病徵發生的可能原因裡。

我一面認為這本書，讓阿布在同輩的醫師作家裡，找到了自己的發聲位置，但作為一個特別的讀者，也很想直白地說說我的想法。無論是直覺、感受、用功與構思上，阿布無疑是出色的，但有時文學的魅力在於「情境」，這情境有時侯會因為我們「太想」去講些什麼而被破壞，也會因為太過的修辭反而意外產生缺損。

在最後一次見到阿布時（除開線上的碰面），是疫情爆發之前的事了。那時分開後我回信說到：「你是一個已經有一定成績的作者，我很看好你未來繼續寫出更好的作品……寧可慢寫，也不要重複自己，這世上已多有前車之鑑。」

這是一本新的阿布，也是為下一個新的阿布出現做準備的一本書。我相信讀者一定能在這本書裡，讀到台灣別有面目的醫療寫作。

而我也還期待阿布那本來不及完成的「實敘事」小說實驗，未來用「最乾淨的筆觸寫最深的危淵」的阿布。因為拿著手術刀的時候是不用擺出任何架勢的。當然，精神科醫師不用手術刀，他們最好的武器就是我這篇文章一開始提到的「傾聽」。最完美的傾聽，就是讓對方的眼神穿過你，彷彿他在對一個似遠似近，不存在的對象傾訴。

而我們以凡人之筆，寫凡人之事，過凡人的人生。

自序

萬物皆有裂縫／那是光照進來的地方

There is a crack in everything.／That's how the light gets in. (Leonard Cohen)

在寫完以七年級實習階段為主的《實習醫生的祕密手記》（二〇一三，天下文化／二〇一九，寶瓶）以及替代役時期的《來自天堂的微光》（二〇一三，遠流）之後，我進入了精神科的專科訓練。但在取得醫師執照、擔任一般科醫師（ＰＧＹ）之後，我便發覺已經無法像之前一樣，單純用旁觀者的角度，隔著距離審視醫療行為了。

我發現「距離」對於寫作相當重要。理想的距離是貼近卻又不涉入、旁觀而不疏離，在這樣的距離之外，文學的虛構與醫學的紀實、自我的情感與他人的痛苦之間，才能錯落有致。一段適當的距離能在形成文字的美感的同時，也避免了廉價的濫情。

然而當現實生活中的我，確實負擔起照顧一位個案的責任時，卻發現那樣的距離似乎失去了。當我正在第一線陪伴著個案經歷他的受苦時，有什麼樣的資格在作為醫療的執業者的同時，又作為一個旁觀者，用文學之筆記錄他的受苦經驗呢？那時我發現進入醫學實作的核心之後，不能再如同以往旁觀者一樣單純直接，或許該暫時停下腳步，再次摸索文學與醫學的距離。

因此住院醫師的四年（外加次專科訓練的一年），大抵來說，除非應人之邀，我很少寫作散文。住院醫師的生活枯燥而重複，多是讀書、值班、與個案會談，偶爾寫寫詩，清晨繞著湖邊跑步，傍晚重訓。二〇一八年通過了可能是我人生中難度最高的精神科專科醫師考試（如果撇開考了三次的機車駕照不算的話）。考完試之後的一週，我忽然有個想法，想要把這段艱難且充滿自我懷疑的過程記錄下來，那便是收錄在書中的〈當自己也走過這一段〉。

在那之後我突然發現，花費五年的時光所學習的精神醫學，已經某種程度地滲入自己的體內，一點一滴影響了我的世界觀，甚至我的人生。除了診斷與治療以外，原來精神醫學的某一部分，也可以成為一種理解的工具。理解他人，理解疾患，也理解自己。

精神醫學是探討「經驗」的學科。憂鬱有憂鬱的經驗，幻覺也有幻覺的經驗。或許有人覺得經驗太過主觀，不那麼「科學」；但數據一切正常不代表你就不會感到麻癢疼痛，對於一個充滿知覺的人來說，有時經驗又比抽血數值或X光影像來得更加真實。

每個人有自己的經驗。如同疾患的標籤無法含括所有人的經驗，我在這裡所描述的，無意、也無法代表每一個人去發聲。在寫作時，我有意識地避免將疾病診斷的標籤擴大化，放置在顯眼的位置。診斷是一件好用的工具，但離開醫療體系之後的診斷需要謹慎，短短的名詞成為標籤之後，很容易帶來粗暴的簡化，帶來汙名；因此若非必要，我盡量關注在尚未命名的經驗本身。

經驗屬於經驗者主體，旁人似乎難有權力擅自加以臆測或詮釋，更遑論把他人痛苦的經驗直接挪作寫作的素材。因此在這次的嘗試裡，我盡可能將推測而來的他者經驗比例降到最低，而主要從醫學結晶後的知識（生理學或心理病理學）當作素材，從中開鑿出文字的美感。我內心希望這是一本關於「醫學書寫」，而非「醫療書寫」的書，著重在那些從人類的受苦中孵化出來的醫學知識，而不只是診間中光怪陸離的生命故事，即使它們可能會更加引人注目。但我相信，有時候知識本身，就足以發出亮光。

而精神醫學的特色之一，在於重視正常與疾患（disorder，又可稱為「失序」）之間的光譜性，而非斷然將每個人一分為二，歸類於正常或不正常。我們很難說誰是「百分之百的正常人」，或許我們都無法達到完美的正常，有時在自己日常的某些癖性之中，也能看到疾患淺淺的映射；例如癮頭，例如失眠，例如淡淡的憂鬱情緒。也因為自己身上有了這樣尚無法被稱為疾患的印記，讓我們有可能把它們當作基石，去搭建理解的橋梁。這次寫作的另一個嘗試，是除了醫學知識以外，透過對自身經驗的挖掘，試圖去接近那些受疾患所苦的人。但就如同完美的同理並不存在一樣，一般人的自身經驗可能難以企及精神失序者的萬分之一；貼近自己日常的困擾來書寫，並不是為了要以此粗暴地去定義他人的經驗，而是相反，了解到他人精神的受苦程度是如何難以企及、甚至難以想像，而因此對那樣的受苦帶有敬意。

初當住院醫師時，一位學姊曾告訴過我：「四、五年的專科訓練，能讓一位年輕的內外科醫師成為獨當一面的主治醫師；但精神科醫師的訓練能給你一次機會，讓自己成為一個更好的人。」這句話讓我在後來的訓練過程中，反覆思索再三。相較於其他專科，精神科的訓練似乎更重視對自己內心的了解程度。一般來說，在學習心理治療之前，會希望學員盡量能有自己親身被治療的經驗。心理治療像是兩個靈魂互相碰撞，互相砥礪磨合；在尚未對自己內心轉角與凹陷處的陰影有足夠了解之前，治療師很難帶個案展開一段柔軟且有彈性的旅程。

因此，心理治療不只是一門臨床上治療個案的技術，技術的核心所包裹著的智慧，同時也是能豐富自身生命的養分。作為一個心理治療的門外漢，在不同的治療門派之間走馬看花，但幾年之後，那些看似深奧的理論卻在不知不覺間改變了自己。或許你會在這本書中文字之間的某個角落，看到些許熟悉的概念。那可能是關於佛洛伊德，關於榮格，關於亞倫．T．貝克（Aaron T. Beck）或史金納（Skinner）的認知行為學派，古老的禪與正念（mindfulness），或是歐文．亞隆（Irvin D. Yalom）與維克多．弗蘭克（Viktor E. Frankl）的存在主義哲學。在試圖理解人的心理與行為的道路上，那些先賢的智慧像是繁星閃爍，隱約為後人留下一絲指路的光。

而正是那樣的光形成了銀河，照亮了路，雖還不夠明朗，但已經足以讓人勇敢踏上旅途。或許也需要那樣微小的光，才能滲透進萬物的裂縫，水一樣的，溫柔地浸潤每一處心靈。

本書三章標題出自朱歐・畢尤，《卡塔莉娜——關於生命療養院，以及人們如何被遺棄的故事》，初版，新北：左岸。

目錄

2 時間是沒有解藥的

目錄

1

愛是被棄者的幻覺

在睡與醒之間，至少我們有夢

在生與死之間，至少我們有愛

失眠記事

精神科診間裡，失眠是最常見的來診主訴之一。

人為什麼要睡覺？這個問題，醫學界尚未能提出一個透澈的解答，只知道睡眠對人體維持正常的生理機能不可或缺。一天中大約有三分之一的時光，人是深深墜入睡眠未知的黑洞裡。記憶在此沉澱，組織在此修復，一切像冬日的草木一樣蟄伏著，在黑暗的凍土底下，祕密地準備迎接再次來臨的春天陽光。

仔細想想，若以平均壽命來看，大約有二十到二十五年的時光我們是睡過去的。那時候我們的意識，究竟到哪裡去了呢？睡著以後，人體的感官關閉，腦波平穩而緩慢，意識的運轉逐漸停滯，垂降至另一維度；通過黑暗，會抵達什麼地方？或許在那條無光的通道之後，是夢的桃花源。夢境集中在一段稱為快速動眼期（REM）的睡眠裡，睡眠的後半部居多。在那個階段，意識對自己肉體的主控權降至極低，但腦波活躍的程度與清醒時無異。至今科學家尚未能完整解開作夢之謎，一說作夢時，大腦會把記憶的片段隨意連結與重組，與長期記憶的固定有關。我們每天作許多許多的夢，代表身體睡著時，腦部依然忙碌工作，無數超越想像力極限的冒險在夢裡發生，醒來時感覺一夜無夢好眠，大多只是因為那些夢境——如同清醒時大部分的瑣事——很快地被遺忘了而已。

若是在快速動眼期被喚醒，由於肌肉麻痺的關係，可能會體驗到意識清楚，但身體無法動彈的經驗。原本能夠隨意識自由活動的身體不再受使喚，宛如鬼壓；知覺完整，但靈魂受困在肉體的牢籠裡，連動一隻手指都是奢求。當你睡著時，清醒世界的一切（包括那麼親密的身體）皆變得與你無關。無論住的地方是莊園豪宅或窄仄的學生宿舍，對於睡眠來說，最多也只需要一坪餘的空間，安放自己這具肉身，夢的載體。而身軀之下無論是king size高級床墊，或是無家者平鋪在地的紙箱，入睡以後皆眾生平等。睡著了，金錢與權力都被留在清醒的世界裡，而即使是同床共眠一輩子的枕邊人，也無法共享失眠時的痛苦，或睡醒後的飽足。我們每天晚上，都會拋下清醒時窮盡一生所累積的一切（家庭、財富、地位……），短暫讓意識回歸那片荒蕪卻又充斥著無限可能的黑暗海洋，養足精神之後，再度回到清醒的世界裡，花費全部精力去追逐那些注定無法帶進睡眠裡的事物。或許人在夢裡，遠比白天還清醒。

擁有了一切，不一定代表能夠擁有美好的睡眠。睡眠是深山裡羞怯的水鹿，只有在最深的黑暗裡，會悄悄走到你的帳篷邊，小口啜飲夜的湖水；清晨，陽光灑滿山坡上箭竹的髮梢時，牠早已離去，沒有留下任何來過的痕跡。牠是神的造物，屬於山林。你無法主動走進山裡追逐，只能讓自己靜下來，熄滅光亮降低音量，靜靜地躺著，成為山的一部分，等待牠的降臨。

失眠的原因千百種，焦慮、憂鬱、酒精、藥物、身體疾病，甚至連白天時喝的茶與咖啡，睡過頭的午覺，都有可能導致失眠。睡眠也可以是身心狀態量化的指標，猶如心靈世界的體溫心跳血壓；垂釣湖面上的睡眠，同時也垂釣著湖底暗湧的水流。例如有些躁鬱症的患者每次發作的徵兆就是睡眠需求減少，屢試不爽，甚至先於本人察覺情緒有異之前；而也有原本嚴重失眠的憂鬱症個案睡得愈來愈香，憂鬱症狀也隨之改善。

醫學生時代，失眠這樣的名詞幾乎只存在課本裡。脫離呆板的高中生活，身邊少了父母叨唸，大把大把的時間等待我們去揮霍。那時半夜三、四點睡覺是常態，平時夜裡的時光多半消耗在社團或電動上，考前則是貢獻給平時從未打開的教科書。幾次讀著讀著一抬頭，遠處的天邊一抹紅，疲憊的身體反而精神一振，盤算著等等考完試再去哪裡哪裡玩；而將清醒的時光燃燒盡了，有時躺到床上能一口氣狂睡接近整天。年輕時的睡眠像是寬容的銀行，允許你低利貸款，也允許你一次全數償還。

許多人在實習醫師那年開始出現失眠的症狀。初入職場，不再有想睡就能蹺課睡覺的自由。值班的夜裡，病患狀況起伏，一間值班室擠了三、四位實習醫師，每個人無法關上的公務機連結著近百位病人的病況，手機鈴聲整個晚上此起彼落，將一匹好好的睡眠絲絹亂刀裁成碎料。

與身體疾病不同的是，心靈受苦較不容易為旁人所感知。許多失眠者的痛苦只能留在夜裡，無法攤在陽光底下示人。從不失眠的人難以體會失眠者所經歷過的一切：那些夜的石磨一點一點凌遲著床上的自己，時鐘秒針每答的一聲都如藤條鞭打在身上；好不容易入睡，卻彷彿剛閉眼鬧鐘就響了。整天心頭懸懸的，還沒天黑就開始恐懼，失眠的折磨會不會今晚又再一次上門？久而久之睡不成睡，床鋪變成刑具，臥室宛如刑場。

一代巨星麥可·傑克森的死因據說是鎮定藥物注射過量。深入追查，才知他竟有嚴重的失眠困擾，甚至有一說他生前最後兩個月幾乎不曾睡過。那是怎樣巨大的深淵，需要私人醫師用幾乎是全身麻醉劑量的靜脈注射鎮定劑，去換取一點點的睡眠？在這之前誰知道被譽為流行音樂之王，站在天分、財富與名氣頂點的男人，在生命的最後所要求的，竟然是一次幾乎每個孩童都夜夜揮霍的，平凡而滿足的睡眠。

我算是容易入睡的體質，幾乎少有失眠的困擾。唯一一次需要使用到安眠藥物幫忙的時刻，說來諷刺，是在精神科專科醫師考試之前。醫院裡總醫師繁重的工作日常，加上面對口試巨大不確定性的焦慮，讓我已經幾個禮拜一兩點才入睡，睡眠又極淺，一個晚上總要自動驚醒兩三次，看了外面漆黑的天色，才確定自己並沒有真的睡過頭。

考試前三天，我自己在睡前服用了半顆的鎮定安眠藥——那是臨床上我最常開給病人的悠然錠（Lorazepam）。說也神奇，半顆指甲屑大小的白色藥錠，竟讓我難得地一覺睡到天亮。安眠藥於當時浮木般的我來說，錨定了焦慮，也安撫了睡眠。或許因為睡得好吧，專科口試有驚無險地通過了。那個晚上慶祝後洗了個澡，舒舒服服地躺上床，壓力解除，熟悉的睡眠又柔順地來到我的跟前，像是鬧了一場脾氣之後的和解，先前的輾轉反側彷彿從來沒有發生過。

許多人一生中最早接觸到的失眠概念，來自童話故事裡、因敏感於數層床墊底下的那顆豌豆而睡不好的豌豆公主。然而很多時候，人生是沒有那麼浪漫的——不管你是不是真的公主，隨著年紀增長，現實薄薄的墊褥底下塞了愈來愈多干擾睡眠的雜物，有時是豌豆，有時是圖釘。睡眠是最後的桃花源，一切現實的束縛都不復存在。這裡沒有病痛與衰老，癱瘓的能走了，欠債的還清了，再也不能相見的人在夢境裡若無其事地重逢。或許這也能解釋為什麼有些人一再回診索取強力的安眠藥物：現實太苦了，連睡眠都如此艱難。那樣的艱難是無法在診間裡，用生活作息調整或睡眠衛教能夠解決的。

再怎麼樣深沉的睡眠，睡夠了，終究得醒的，醒來以後又回到了現實的泥沼裡。但清醒時與快速動眼期的腦波如此類似，怎麼知道我們不是在這個世界裡作夢，而睡著的世界才是真正的清醒呢？

睡眠在許多文化裡作為死亡的代稱，英文是「rest in peace」，華人亦稱之為「長眠」。不知幸或不幸，我們最終都還是會回到那裡去，稱為死亡的永恆睡眠。在那裡不知有沒有夢？那樣的睡眠會有醒來的一天嗎？結束了漫漫長日，終究，我們必須把在清醒世界擁有的一切留下，轉身一個人回到睡眠裡。

因為睡眠，我們得以日復一日預習死亡，一直到那天真正來臨之前。

肉身的神殿

身體是一座神殿，裡面供奉著時間的神祇。

人的身體令我想起希臘雕塑肌肉分明的完美身形，多立克柱，一座精心打造的帕德嫩神殿，神至今還住在裡面。身體裡的神知道一切，無從欺騙，無可閃避，我們無法對神說謊，祂審判著罪。例如貪食的報應來得又急又快，幾天後洗完澡對著鏡子這裡一擠，那裡一捏，腰間又多出了一些原本不存在的贅肉。它們腴軟而膩，安安穩穩地附著在腰上，或在小腹造出皺褶，掩蓋住身體原有的弧線；似乎可以感覺那些皮下的脂肪細胞不懷好意地笑著，在新開拓的地盤上，準備定居。

身體也是時間的容器。三十歲以後，似乎已揮霍完青春的紅利，身體不再寬容；前幾天貪嘴吃進多少卡路里，很快地就一五一十地在體重計的數值上反映出來。想起詩人說的，「罪惡的刻度」，那應該是刻在體重計上、印在鏡子裡的。身邊的同學有的已開始發胖，胖起來儼然是一個中年人的形象。有人並不在意這點，甚至樂於讓自己看起來更加敦厚穩重，更像一個經驗老到的醫師，但我始終無法接受；追根究柢，是還不想要往前走，還想在青春的樂園裡待到關門前最後一刻。

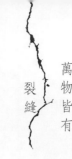

三十歲以後，漸漸有了體悟：多變的世界，運動彷彿是唯一的真理。當快時尚的流行又迅速地翻了幾番，只有衣服底下的肌肉不會背叛。於是我開始嘗試控制飲食，夾自助餐時大量攝取蔬菜而只添半碗飯，忍痛告別夏夜一杯冰啤酒的快感，並開始跑步、重訓、鍛鍊核心。

增肌減脂是現代版的修練與求道，練的不只是肌肉，或許更是心靈。有時很難區分，當你不管前一天多晚睡、外面氣溫多冷都要六點半起床跑步時，考驗的比較多是心肺耐力還是意志力。但當別人啃著炸雞手拿可樂，看著自己碗裡的蔬菜與水煮雞胸肉時，則肯定得大幅削減許多任性。減肥時，身體是爐而欲望是火，意志在其中反覆煎熬，煉丹似的，一重天之後又是另一重天，心靈的肌肉彷彿也更加壯大。

從前組織課時曾經學到，人體的骨骼肌纖維在多數的狀況下只會因其使用程度而萎縮或肥大，並不會像其他細胞一樣有生長與凋亡；換言之，在器官均老去的暮年，肌肉仍可因為持續的重量訓練而保持年輕時的狀態。就像有人用書寫抵抗時間，也有人選擇用肌肉與重訓。近幾年健身房一家一家地開，網路上冒出了許多健身YouTuber，開發各類運動菜單：例如瘦小腹有感五動作、在家就能訓練的翹臀三招。那些瑜伽墊上藝術般的動作，外人看來似乎有些滑稽，但日復一日，無限循環，彷彿也是一種儀式；在儀式裡，痠痛是供品，我們用汗與疲累來供奉身體裡的神祇。

在中國用語中，「健身」常使用「鍛鍊」一詞，這樣的意象把身體擬作物品，似乎又更貼近健身房內的實際運作。那裡充滿了鐵、機械、熱度與汗，小房間裡響起鐵器與鐵器碰撞的叮叮噹噹，彷彿痠痛感一錘一錘地擊打在肌肉上而發出聲響；在那裡，人的肌肉是鐵胚，鍛鍊的過程中火星四濺，滑輪與槓片將它冶煉成鋼。

「鍛鍊」這樣的詞彙，背後隱含另一層意義是，彷彿只要我們願意，就能把身體像打鐵般鍛造成自己想要的樣子。每個人對自己的身體都有一套看法，稱為身體形象（body image），這些形象會受到社會價值觀的影響，也可能存在著自我的主張。有些形象是輕軟的衣服，有些則是枷鎖；而另外一些有可能是陰影，長出利齒，在陽光照不到的地方齧咬著肉身，暗暗流著不被看到的血。

有人崇尚豐腴肉感，當然也有人的審美觀偏好纖細體型。曾遇過一些年輕女子，嚴格地控制體重近乎偏執，每餐進食的份量少到像是扮家家酒，卻仍輔以大量運動，甚至激進到催吐或服用瀉藥。她們的主餐常是糙米飯一撮，雞胸肉或蛋白幾塊，佐以水煮青菜數條。她們吃得比僧人還禁欲，即使飢火在腹裡燎原，還是無法忍受攝食多一點點的卡路里，彷彿熱量入口即為罪惡即為毒藥，從食道一路燒灼到肚腸。久而久之彷彿胃跟著縮小也就不那麼餓了，便能順理成章地吃得更少，減得更多。洗澡時，她們在鏡子前面端詳許久，鏡子裡的肉體像一張破綻百出的考卷，處處是自己用隱形的紅筆劃去的痕跡：大腿、腰間、臀部。不行，還是不夠努力，還可以再更瘦一點，更「美」一點。

這樣的狀況也有程度輕重之分，重者或可歸類為厭食症（anorexia nervosa）的範疇，精神醫學中最棘手的困境之一。厭食症在嚴重時死亡率極高，臨床上的男女比約為一比十，這樣懸殊的統計結果，背後應有社會建構在性別上的觀念在推波助瀾。我們的社會認為男人只要（在財富或地位上）「功成名就」，自然就有吸引異性的本錢；但對於女性（或某些次文化中的男性），很抱歉，你的肉身即為你的存在價值，只要肉體稍微鬆弛老去，便像是超市裡瀕臨過期的冷凍食品，很快地在競爭中失去吸引力。

也有些人彷彿活在別人的眼睛裡，滿足了加諸己身的各種期待，諸如成績，諸如職業；各種「你應該」、「你必須」之間，唯有眼前盤子裡的食物、唯有身體，是自己少數可以掌控的部分。他們撥弄著碗裡僅有的那數粒米飯、幾莖菜葉，像扮家家酒，又像是調兵遣將：食物是我的領土，餐盤是我的城牆，我是這裡面唯一發號施令的王。

然而身體終歸不是單憑人的意志，就能完全掌握之物。當人體儲備的養分已近枯竭時，內分泌會自然而然產生反應。此時熱量逐漸耗盡，身體的時序已進入秋天。秋天是肅殺的，水枯葉落，在外表現為月經乾涸，頭髮疏黃脫落；此時若再不介入，接下來就是體溫過低、心搏失律，迎來萬物止息的凜冬。醫療團隊急切地想為個案多儲備點過冬的糧草，治療往往是在半碗飯與三分之一碗間拉鋸，一來一往可能就是一整個禮拜的距離。

此時治療者經常是挫敗的。雖然醫療有自己的準則，但當暫時脫離治療者的身分，我常在想，到底誰有權力去評斷另一個個體的價值觀，或是看待自己的方式呢？在這裡教科書並未給我們一個保證可行的方案。美與醜的交界畢竟是如此主觀且變動，像一條洶湧的河，我們總是站在河的這岸，隔著河面上的氤氤氳氳，評價著對面的風景。

或許那幾乎已遁入信仰的領域。面對主掌著身體形象的神，我們還能做什麼呢？此時沒有捷徑，沒有特效藥；漫長的治療過程裡，治療團隊彷彿祭司，用自己的生命去碰撞、去搭橋，有時去祭祀另一邊的神，有時祈禱。祈禱著某天一覺醒來，你已渡河，正香噴噴地吃著一碗肥腴彈牙的爌肉飯，與卡路里言歸於好，水闊天清。

幻覺的行列

幻覺（hallucination）：沒有外界的感官刺激卻產生的知覺經驗（如視覺、聽覺或嗅覺等）。

有時你幾乎以為這一切都是真的。那些耳邊突然出現的低語或叨絮是那麼真實，它們存在著，和其他聲音沒什麼兩樣。你是確實用耳朵聽到了。真的，它們存在。

你說著話，聲音隨後也回應你。一個、兩個、一群聲音，他們有時出現，有時又安靜消失。他們七嘴八舌，他們肆無忌憚地評論你，甚至煽動你去做某些事。但身邊沒有任何人。只有你，帶著你不被真實世界承認的幻覺，孤零零地站在房間中央，對空氣說著話。

幻覺的世界只能屬於自己，而無法被旁人所窺探。幻覺在你身邊拉出一層透明的膜，分開你與你周遭的人；這層膜以外是人來人往的「現實」人生，而膜裡面則是幻覺主宰的領地，身旁的人再怎麼關心也只能留在外側，而無法真正理解受幻覺所苦的人為何害怕為何大叫為何獨自對空說著話，即使看起來每個人都像是活在同一個時空。幻覺無法像是一次冗長的堵車或一場午後雷陣雨，當有那麼多人同時經驗著這一切而一起分擔，糟糕的事彷彿也就沒那麼糟了。幻覺的本質注定是無法與他人共享的、絕對孤獨的體驗。

然而幻覺的世界並不如一般人想像的那麼奇幻，那麼繽紛，像一個放任想像、不受常識拘束的無重力樂園。幾乎大部分的幻覺經驗都不太愉快。

在精神疾病中最常見的聽幻覺世界裡，可能有三五人聲日夜在你耳旁嚼著舌根子，有人用最惡毒的言語將你貶至極低極低，有人突如其來告訴你人生是不值得活的，逼你從高處往下跳。而你的意志幾乎難以抗拒。

那是一個怎麼樣的內在世界啊，除了自身意志以外，彷彿存在著另一個不可見的他者。大腦像是一棟鬼影幢幢的宅院（即使這樣的隱喻對某些幻覺經驗並不公平），有些不知名的力量在此縈繞著、主宰著。直到今天，醫學上已經有了正子攝影或功能性核磁共振，我們仍未能完全解開幻覺的古老謎題；那些有關大腦裡神經傳導物質──多巴胺、血清素、或是麩胺酸的假說，仍有待進一步驗證。在許多努力之後，或許終有一天我們能比現在稍稍更進一步地知道我們是誰，以及我們的大腦如何去認識這個外在世界。

雖然偶爾也有可愛的幻覺存在（甚至也遇過提醒你要記得服藥的聽幻覺），但那樣的無害畢竟只是少數，難以否認在精神疾病裡面，幻覺大多會伴隨著不同程度的受苦。有些人主張精神疾病完全是被社會所建構出來的，若社會不將這些被稱為幻覺或「精神症狀」的現象視為疾病的一部分，就不會存在一絲苦難。但至少在精神病（psychosis）的領域裡，我並不能完全認同這樣的說法。這樣的說法太過輕忽幻覺對

「自我」的影響，以及單純幻覺本身對個體帶來的受苦。對於目前大部分還在人類知識疆界之外的幻覺經驗，像某些部落相傳的惡靈文化，身為外來者的我們仍必須抱持著一定程度的敬意。

除了聽覺以外，其他形式的知覺（perception）亦有可能產生幻覺。某些顳葉癲癇發作以前，病人會聞到旁人聞不到的特殊氣味；也有一些使用安非他命、古柯鹼，或是酒精戒斷的病人會感覺到看不見的蟲蟻在身上（甚至是皮下）爬行。那樣的經驗近乎酷刑，一種凌遲，有些人因此用鉗子將自己的皮膚挖得鮮血淋漓。

即使理智上知道幻覺並不存在，但受苦卻仍然還是真實。人很難主動拋棄自己經驗過的事，用理性去否定感官。或許一直到很久以後，有些人在生活中磕磕碰碰走了很長的路，才發展出與幻覺共存的方法而不受影響，讓幻覺像一隻在放晴的日子裡到你門口拜訪的街貓，即使無法被馴服，也能與牠過著各自的生活，相安無事，雲淡風輕。

在醫學的領域裡，這樣的洞察可能會被視為是一種「病識感（insight）」吧。畢竟理智上能分辨自己的幻覺並非真實，也就大幅削弱了因它而生的各種危險性。但使用

「病識感」這樣的名詞有時也令人心虛，因為它隱喻著「病」同時也暗藏著「識」，彷彿真有什麼是錯誤的、虛假的、是迷障般需要被理性之光所穿透的。

具有幻覺的經驗並不能直接被推論為某一種精神疾患，畢竟並非全部的幻覺都會帶來痛苦或功能上的損害，即使在對一般人的調查裡，也會驚訝地發現不少人的生活中曾經有過類似幻覺的經驗。然而我們身處的世界，又果真如自己所認為的那麼真實嗎？畢竟人透過知覺來經驗世界，而為我們帶來知覺的感官又是如此容易被欺騙與捏造：例如隨手在便利商店買的果汁喝起來是那麼鮮甜，內容物卻又含有多少水果成分？在經過修圖軟體加工後，以往眼見為憑的照片又代表著幾分真實呢？但即使我們知道這些，日常生活裡仍然對自己的感官深信不疑；因為打從出生以來，我們就是在知覺的基礎之上，構築出世界的樣貌。

所以會不會我們經驗過的一切其實並沒有真的發生，而只存在於我們的感官之中，是我們的眼、耳、鼻、舌，我們皮膚與關節裡的微小受器，經由神經將電訊號傳遞給大腦的感覺皮質，所聯合起來演的一整套瞞天過海的戲碼呢？難道我們出生至今所有的經驗，僅僅只是奈米層級裡蛋白質的結構略微扭曲，離子通道開開關關，細胞膜上的電位改變，就構成了這個世界的全部了嗎？當那些與相愛的人共享過的美味餐點、漫天晚霞、吹拂過臉上的風，全是感官的共舞化為知覺經驗，被我們的意識所捕捉──我還是不敢肯定，我是真的經歷到了這一切，抑或這也是感官欺騙我、讓我信以為真的幻覺陷阱？

即使如此，日常生活裡還是鮮少有機會去思考這類問題的。只有在非常稀有的時刻──例如在探究某位個案幻覺經驗的途中，那樣的詢問同時也輕叩著自己心底，響起一絲微弱的回音。就算是身處在幻覺的行列裡，只要跟著人群朝著同一方向行走，也會得到一種莫名的安心感。安心到即使偶爾疑惑，也能讓我幾乎以為我所經驗到的一切就是真的，彷彿這樣才能義無反顧，繼續前行。

「幻覺的行列」語出詩人鯨向海。

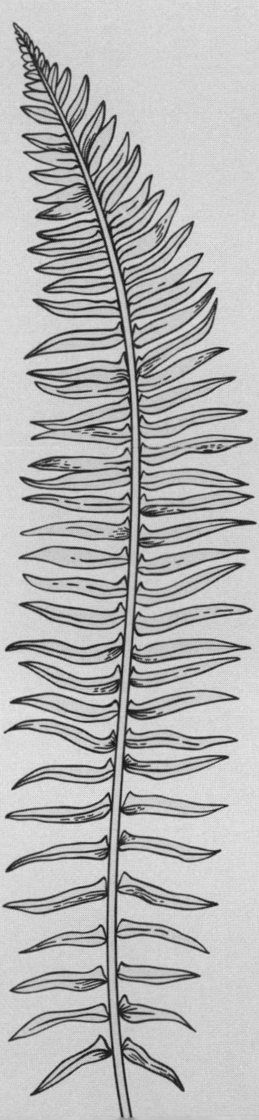

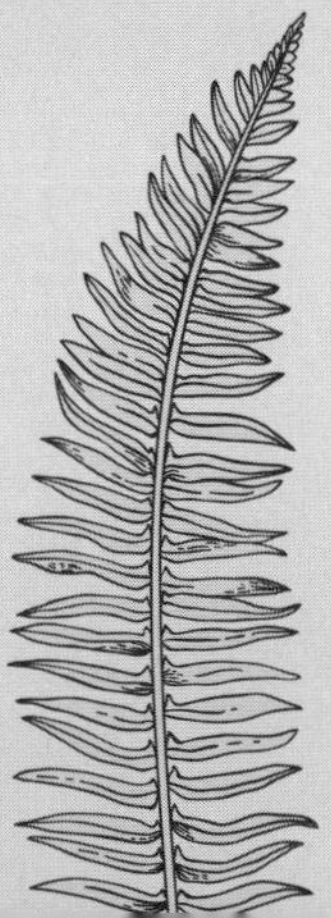

妄想之世

在急性病房工作的那些日子，個案時常會與我分享他們所經歷到的世界。那樣的世界似乎與一般人的世界無異，共享同一條明亮的大街，一樣的陽光與風；但又彷彿一個錯身而走進了暗巷，就此走入了風景的反面，另一個運行方式截然不同的世界。

有人認為自己被跟蹤了，有人被監視、下毒，有人與外星人建立起神祕的通訊，約定好某日幾時在附近的公園裡，將乘幽浮出發前往外太空。他們如此深信，不容質疑，那樣的內容是他們服膺的真理，日常的軸，在妄想的支配下，他們是疲於奔命的旋轉木馬。

妄想（delusion），如同幻覺，是精神病（psychosis）的核心症狀之一。妄想是一種錯誤信念，失去現實感的一種篤定；妄想是即使邏輯上無法成立，仍對某事堅信不疑。在最基礎的精神科講義中都會提到，妄想在臨床上能有多種表現；根據內容，可以是被害妄想、被控制妄想、宗教妄想，甚至是愛戀妄想等等。剛開始接觸精神科的醫學生們，總會覺得妄想的世界像是種滿異國花卉的植物園；那些妄想的名字和內容都如此奇特，彷彿每一個妄想都像是一扇門，開啟之後，便能進入童話般的世界，成為環遊世界的格列佛，仙境裡的兔子與愛麗絲。

但我總會在介紹完妄想的種類之後補充說明，在大部分的狀況下，妄想經驗對個案來說都不是一件值得開心的事。有人會以一種獵奇的眼光觀看那樣的世界，但那樣對妄想的經歷者來說並不公平。診間裡的妄想通常伴隨著受苦，而他們無法選擇接受與否，那樣的世界是他們每天不得不面對的真實。

在我初進入精神科的頭幾個月，有位個案每晚都堅信午夜將有一隊特種部隊攻入病房，將他擄去嚴刑拷打。那陣子病房常會像夏季午後的雷陣雨一樣，突如其來爆出一場哭聲。循著聲音溯源，是那個二十來歲的男生在任一日常時刻，比如說洗澡或是看電視到一半時，突然被妄想給侵襲，恐懼逼使他跪地號啕大哭，求醫療團隊讓他自我了斷。即使一次又一次向他保證一切安好，然而「將被擄走刑求」的想法仍然如詛咒一般揮之不去。對個案來說，妄想內容難以選擇，無法避免；雖然在外在世界不一定成立客觀事實，但隨之而來的那些恐懼或悲傷或憤怒的情緒，卻是千真萬確打在身上。

或許這也是為什麼在滔滔的人權質疑之下，精神醫學界多數的聲音仍堅持著最低限度的強制住院制度有其必要。並非是強制住院有利可圖（事實上申請流程相當瑣碎繁雜，對醫護人員是極大負荷），是因為大部分的人都曾照顧過類似的個案，那樣流下的淚水是如此沉重而真實，眼淚匯集多了，在心裡衡量著病人自主與醫療照護的天秤上，還是免不了會歪斜偏往威權的一邊。

辨別妄想與否還有另一個重點常被忽略，即是必須確定在個案的文化脈絡裡，妄想內容是否可被理解、被安置。對於大眾所不熟悉的文化族群，原住民、移民族裔，或是某些宗教團體，他們獨特的世界觀有時會被外界認為曲折離奇，儼然是一種妄想。在醫療過程中被賦予權力的臨床工作者下診斷時仍必須要戒慎恐懼：與我們看待世界的角度不同，並不能斷言就是疾病。

所以回到妄想的定義，什麼是「錯誤」，而什麼又是「正確」呢？即使有邏輯推演的反覆辯證，但我們真的能斷定哪樣的信念是「錯誤」的嗎？臨床上並非每個妄想都如此怪異，或有確切的證據可循。有時不免會想，今天聽來的那些彷彿妄想的內容：祕密監聽、刑求、特務的跟蹤，藏在體制深層、卷宗檔案間隱隱約約的惡意，是否曾經是某個人早期生命經驗裡的真實，而不應該簡單以「妄想」之名潦草地結案呢？而我們日常所熟悉、堅信不疑的一切——政府、退休金、善惡到頭均有報應——是否在老於世故之人的眼中，也如同妄想一般毫無根據？

甚至，那些十幾二十歲經歷過、像野火一樣燒過每個青少年胸口的愛情，那些將此生最好的一切獻給彼此、失去後就認定自己無法再愛了的信念，換到即將步入中年的今天來看，是不是也有幾分妄想的色彩呢？更何況戀愛時腦中多巴胺的分泌增加，似乎也遙遙呼應著精神病的生理機轉……

或許建立「正常人」世界觀的信仰支柱——權力、財富、愛與歲月恆常靜好——那些彷彿得到之後人生能就此圓滿的聖物，亦隱含有幾分妄想的色彩：錯誤，堅信，即使反證分明擺在眼前，仍不可動搖半分的固著信念。又或許妄想只有顯而易見與難以

萬物皆有裂縫

察覺之分，凡人腦中所生的種種執念最終皆為受苦，人生是一場長久而隱匿的精神症狀，我們都是拒絕治療的病人。

紅色快樂腳踏車

我說：「現在我唸三個詞：紅色，快樂，腳踏車。請你再重複一遍。」

像是密碼，或是籤詩。三個不同性質的詞，可以隨機創造出任何關聯。紅色的快樂，快樂的腳踏車，快樂地騎著紅色的腳踏車。我看著坐在病床上一臉茫然的老人，彷彿在他眼裡看到一部分靈魂的碎片，仍然屬於那個在台灣鄉村的田埂上，呼朋引伴騎著腳踏車的少年。彼時海濱來的大風吹過田野，跨越了許多許多時間，吹散那些塵埃般的記憶，露出土地的原貌。

這麼多年來我一直在想，這三個詞是誰創的，為什麼一定要紅色？難道腳踏車快樂嗎？但這只是認知測驗裡的一項題目，三個無關聯的字詞，測的是關於記憶的登錄與提取；每個醫師的題目各自演化出略有不同的版本，可能是藍色，也可能變成飛機，但課本上舉的例子大家都曾背誦過，著名的紅色、快樂、腳踏車。從醫學生經過漫長的訓練變成主治醫師，但那台載著曾因初接觸醫學奧祕而感到激動不已的紅色腳踏車，帶著快樂的記憶，生鏽了，卻仍然停在腦海裡，像是一種專屬於醫學生時代的鄉愁。

三項物體的複述測驗（3-object recall）能夠測得與專注力關聯密切的工作記憶，關於長期記憶則能用國小讀哪裡、家中地址何處等問題探知。但記憶的本體藏在何處呢？敏感纖細的人大概不會滿足於海馬迴（hippocampus）這樣的答案。他們或許會這樣想：怎麼可能呢，那些只屬於我自己的私密記憶，像人生旅途上在不同月台換車又換車後，手中剩下那疊被剪過的車票，是生命活過剩下來的最真切的證據，怎麼可能只存在一隻海馬的肚子裡呢？

在時間的軸線上，記憶連結著過去，也標定著即將來到腳下的未來。但若是大腦無法登錄、儲存新的記憶，或舊的記憶無法提取（retrieval），就會產生記憶障礙。有些人開始認識記憶障礙是來自好萊塢的愛情喜劇《我的失憶女友》（50 First Dates），亞當・山德勒飾演的獸醫在夏威夷邂逅了一名當地女孩（茱兒・芭莉摩飾），卻發現她無法製造新的記憶，睡醒後就會忘記前一天發生的事，每一天都是新的，因此他必須設法讓她每天早上醒來後重新愛上他。

這種失去「形成新記憶」的能力（順行性失憶，anterograde amnesia），可能會對人造成嚴重的問題。除了生活上大小雜事想必會遭遇困難以外，更重要的是生命中新獲取的經驗，均無法在記憶裡留下痕跡。像夜裡經過一場暴雨，泥沙與水抹去了溪床上一切人造的痕跡——農作物、垃圾，甚至建築。被需要的與被遺棄的，看似暫時的與看似永久的，對河水來說皆一視同仁。隔天起床後，風雨停了，雲只剩一縷一縷，藍天亮得彷彿也被水洗過，陽光更乾淨了；溪床上除了昨夜新堆積的砂石以外，什麼都沒留下，好似先前發生的一切全都不曾存在過。

而與之相應的逆行性失憶（retrograde amnesia），受損的則是提取舊記憶的能力。例如那些老人，有蠹魚朝著過去的方向，一寸一寸啃蝕著他們的記憶；他們能記起童年的往事，卻無法回憶起昨天晚餐吃什麼。或許淘洗掉近期記憶的干擾，童年瑣事反而變得更加清晰。他坐在客廳電視前的搖椅很容易就睏了，恍惚之間回到國小時的自己：父母正忙著生計，那些玩伴還在門外等他一起騎腳踏車去探險。睡睡醒醒之間，他常常提到過去的回憶，生命彷彿一個環，他把未來的日子活進記憶裡去。

兩種類型的失憶常會混雜出現，讓臨床症狀更加複雜。最核心的問題是，若我們被從線狀的記憶時間軸中切割出來，不再記得過去，也無法在未來留下新的記憶，往前往後皆是斷崖，看不見盡頭的黑暗裡颳起從深淵吹來的風；即使生命的狀態依然持續著，記憶孤島上的我還能稱得上是「我」嗎？

或許人有很大的一部分的自己是活在記憶裡。如果沒有記憶，我們對自我的認知無法連貫，「我」就不再是我。夏宇說，「每個早上所有起床的人／首先被他們自己的鞋子說服」。在此記憶就是我們每天穿上的鞋。我們用來建構「自我」的資訊，通常都來自記憶。例如我的雙親是誰，家住哪裡？我是哪間學校畢業的，畢業後曾做過什麼工作？記憶為我們提供一條一條訊息，編織成網絡，訊息之網承載著「我」的重量，彷彿那些資訊就是我們自身。

如果剝除那些可以被記憶述說出來的資訊，「我」還剩下什麼呢？

記憶的種類包羅萬象，除了那些能提供資訊的記憶以外，還有某些經驗是用更隱微的方式儲存在記憶裡。例如技能，例如情緒。詩意一點來說，身體會記住許多事情，但不一定有辦法用語言描述。與技能有關的記憶便是如此。例如蹬上腳踏車時，鑲嵌在每個關節、每條肌肉裡的無數個本體感覺受器，都自動像深埋在土壤裡的種子一樣被春天喚醒，在黑暗裡發出比星空還要明亮的光芒，指引我們接下來應該怎麼樣用另外一隻腳踩踏板，手怎麼握住龍頭，如何才能平衡車身。我們並不需要每天起床都重新溫習怎麼跑步，騎腳踏車，或是如何愛人。

和情緒有關的記憶也有自己的居處，藏得比那些能在陽光下被說出來的記憶更深，甚至隱密到我們根本不知道它的存在。那被稱之為杏仁核（amygdala）的結構，像大腦裡的地窖，在黑暗中藏著恐懼的幽靈。那些曾經傷害過我們的經驗，會隨著時間慢慢變淡，淡得彷彿早就回到記憶的背景裡去，但祂們離開之前，在現實中留下一些線索——可能是一個場景，一件物品，甚至一種氣味——當你在未來某個場合遇到時，線一拉，瞬間又掉入當初被傷害的場景裡。

記憶是盤據身體這座宅邸的鬼魂。祂們不曾真正離開，祂們隨時都在。

有人希望留住回憶的同時，也就有人希望遺忘，尤其是那些在往後的日子裡鬼魂般跟著的、傷人的記憶。但以目前的科技來說，記憶無法用醫學的方法抹消，仍像是陽光，像風，像那些我們知道確實存在、但無法完全以人力掌控的自然界規律。記憶的到來像是春天的第一場雨，幾天內野花布滿草原，但說走就走也不留戀，就像又過了一個季節。我們能做的只有怎麼樣盡量與記憶共處，共享同一個身體，一起呼吸。

如果幸運的話，有一天，我將已足夠老，老到再也無法獲得新的記憶，舊的記憶也像是老屋梁柱的油漆斑駁剝落，露出木頭的原色。那時我或許已經忘記時間，忘記地點，忘記回家的路、與身邊的親人，甚至開始忘記自己是誰。那時我遇到的每一個人都像是初識，每一天都是新的，甚至每一個小時、每十分鐘，都宛如從頭來過。我將會忘記雨傘，忘記錢包，站在陌生的街角，逐漸忘記一切曾向這個世界借來的事物。

那時我將加入那些記憶已經稀薄的人群，自我的概念逐漸溶解，沒有過去也沒有未來，只有無數個當下。在永無止境的現在裡，繁複的感官經驗將會像風一樣穿過我，像安靜穿過一片荒蕪的沙丘，不喚起記憶，最終在大腦裡也未曾留下一點痕跡。

相忘於江湖

注意力不足／過動症的診斷準則中有一項，即是「經常遺失工作或活動所需的東西」；文中還貼心地舉例，如錢包、鑰匙、手機等等。讀到這則，心底泛起了一股熟悉感。

從小我就已經習慣曾經擁有的東西，在生命中的某個時刻會忽然離我而去。筆、手錶、雨傘，它們彷彿有自己的思想，可以決定自己的目的地與去留，且意志堅決，讓作為擁有者的我毫無商量餘地。

隨著年紀漸長，為了適應生活，多少鍛鍊出一些儀式化的行為，協助提醒自己每天早上出門前別忘了必要的物品，像騎士出征前讓僕人珍而重之地檢查自己的鎧甲，最後一次整好裝備，門開了就要面對隨時可能受傷的現實世界。錢包、手機、識別證，像打開房門前要唸的咒語；在醫院從一處移動往另一處時，也不時檢查褲子左邊口袋的錢包、右邊口袋的手機，以及胸前的識別證，是否仍好好地待在那裡。

若是不那麼重要的東西，則早已學會用更開放的心態，對它們的去留給予祝福。以前常會去文具大賣場，買一大把一模一樣的原子筆回來，放在辦公室抽屜，以遞補白袍口袋裡隨時會離家出走的筆。那些筆有著相同的外觀，搞丟多次也就懶得去一一尋覓了，心裡知道它們此刻應仍然安好，在醫院某人的手裡，繼續抄寫著不同病人的醫囑或生命徵象。那不是背叛或逃離，只是一種祕密的遷徙；從一人手中流轉到另一人手中，楚人失弓楚人得之，人際間質量與能量的守恆。

因為從小弄丟東西的經驗多了，開始發展出一種豁達的人生觀，覺得人與物之間其實並非從屬，而是陪伴關係；我們從來不曾真正擁有過什麼。那樣的關係是用一點緣分來維繫的，緣分盡了，物品就自然從身旁消失。合則來不合則去，或許不是我遺忘了它們，而是它們選擇用一種體貼的方式，祕密地不告而別。

也是因為這樣，我不太追求精緻之物。最新型的手機（前陣子三個月內連番摔壞了兩支手機）、名牌皮夾（看會診時，會隨手把皮夾遺忘在別的護理站）、昂貴手錶（小學時，無數支手錶被我在洗澡時拔下來就忘了戴回去），對我來說都是難以伺候的嬌客；反而是不起眼的舊錢包與朋友轉贈、螢幕摔裂而退役的舊手機，陪我度過好長一段相安無事的歲月。

既然健忘的個性無法改變，只好這麼想：或許善於遺忘也是一種技能。因為無法記住太多東西，因此訓練自己專注在最重要的部分。如同每天早上出門之前的咒語：錢包、手機、識別證，幾乎成為生活的隱喻；當與現實的連結、與他人的連結、與自我的連結都能夠篤定了以後，其他零碎的雜物就不再那麼必需了。推開門，人生的路上道阻且長，即使身邊曾經擁有的一切都遺失了，也何妨相忘於江湖。

癮是生活裡的洞穴

許多人都有這樣的經驗：你想起小時候，親族間的耳語，常會隱約聽到某個陌生的人名；他與你們共享同樣的姓氏，卻又不曾出現在年節的聚會之中，像是一個禁忌，僅能在大人口中祕密地流傳。後來你長大了才漸漸知道，那是一位「路走偏了」的遠親，他的名字像是惡靈般的不潔之物，只能隱晦地出現，可能還會與酒、與賭博，或與非法藥物連在一起。小輩們不被允許知道他的故事，彷彿那樣的故事也會傳染，不妥善收好就怕毀壞了身邊人的正常人生。

他像一個淡淡的影子，你未曾見過，但偶爾會想起。你不禁用從新聞上看到的成癮者的形象，在腦中勾勒他的樣貌：略為駝背的身形，鬍碴亂生的下巴，粗大的靜脈血管棲息在枯瘦的手臂上。你本能地對他感到恐懼，但仔細思索，或許害怕的是自己對成癮者的想像；你無法控制，即使知道每個人成癮的故事，多少都有點不由自主的成分存在。你的生命經驗讓你很難理解，當人生過得好好的，為什麼會有人選擇沉浸在癮頭裡面，從此無法自拔？

成癮令人害怕，不單是因為它對生活帶來的破壞；而是癮頭的存在本身，對人類引以為傲的自由意志就是一種冷冷的嘲諷。在成癮的定義裡，其中一項是「即便明知有害，想戒卻戒不掉」；連自我的行為都無法控制，彷彿人的理性被物質統御，就此黯淡無光。

人類的意志與行為便是「自我」的延伸，當「自我」連自身所為所想都無法掌控，便讓人有了與生俱來的恐懼。那是一種操縱，懸絲傀儡般失去了對自己這具身體、甚至縹緲的自由意志的主控權。癮是洞，是日常無預警的破口，像一件脫了線的毛衣，洞被生活愈扯愈大，最後令人活成一具被癮頭控制的肉身。

我想起網路上看過的報導，有一種寄生在螳螂體內的鐵線蟲，會控制本應不近水的螳螂義無反顧地往水裡跳，蟲體在水中破腹而出，繼續它寄生蟲的生活史，尋找下一隻倒楣的螳螂。而受到蟬團孢霉（Massospora cicadina）感染的蟬，會不由自主地不斷與其他的蟬交配，來為真菌散播孢子；這樣的行為背後，可能與真菌產生的裸蓋菇素（psilocybin）與卡西酮（cathinone）類化合物有關。而這兩類物質，正好皆曾被人類當作娛樂性藥物（recreational drugs）濫用而受到管制。難道癮也是一種寄生嗎？成癮是一種霸道的占領，一種對主權的掠奪；它操縱了大腦，甚至張牙舞爪地要進一步接管整個人生。

我們的大腦被設計得善於成癮。這裡指的，不一定是大眾所說的毒品之流，而泛稱許多日常的物質（甚至非物質），皆可能在心理上造成隱微的成癮性：有人對酒精成癮，對咖啡、對糖成癮，甚至也有人對讚美、對痛、對社群網路，或是對愛上癮。那細細的癮頭像是新衣服後頸處的標籤，在你伸手難以搔抓的暗處，一點癢一點刺，看似平穩的日常中，隨時隨地提醒你它的存在。

成癮牽涉到的機轉，與腦中和學習有關的酬償迴路（reward system）極其類似。人透過酬賞迴路去學習如何活在這個世界裡。在嬰兒剛有自己的意識時，大腦神經元尚未建立出繁複的連結，世界與自我的界限還是一片混沌。然後霧氣開始消散，光從縫隙中照射進來。許多的新事物走進了他剛誕生的世界，探頭進來看他小小的臉。初生的神經元學著去認識每一個來過的刺激，用新長出來的突觸去描繪、去記錄那些經驗，像是風吹過草原，因而產生了感覺。

外界來的感受在此被區分了好惡，造成笑，或者是哭。經過漫長的演化，生物的大腦賜予某些刺激愉悅的感受，而將另一些物質附加嫌惡的印象。嬰兒會因飢餓而感到難受，對於撫慰、飽足、對於與人互動，則會產生愉悅。大腦將刺激與後續產生的感受相互連結，以愉悅感作為誘餌，在過往經驗的基礎上摸索著如何趨利避害，就成了最初的學習。

若沿著癮頭上溯，尋找他們最初之所以成癮的足跡，大多能發現使用時伴隨著某些發亮的美好過往。說起來其實酒精嗆辣，菸味刺鼻，仔細想想並不是那麼舒服的事；但當這些本應不被人體喜愛的刺激與快意的經驗混雜在一起，便會被大腦建立起錯誤的連結。即使旁人看起來那像是痛的、難受或癲狂的體驗，在經過大腦的修飾以後，卻有可能變成黑暗裡發著光的寶石，讓人短暫離開現實生活。那或許是一支菸、一杯高粱、一劑海洛因或一撮白色粉末，甚至只是看似無害如臉書讚數往上跳增。

生活是不斷的受苦，而許多成癮者寓居的現實，比我們所能想像的還要來得艱辛。癮的起源可能是為了一趟夜裡六小時的長途車提神，或是作為冬日清晨上工前的暖身。癮是生活，生活裡難以避免的一部分，一種為了把日子過下去，而看似不得不的代償。進入成癮世界是那麼的容易，癮頭被滿足的快樂與回到現實的痛苦相比，反而近乎救贖；而之後影子侵蝕影子，年輪複製著年輪，這樣的經驗便被大腦透過「趨利避害」法則深深地刻入學習的迴圈中，印在生命裡。

與成癮者對談，探索得愈深愈遠的時候，常會發現癮頭對他們來說，具有某種難以割捨的特殊意義。純粹感官刺激的追逐者當然也有，但他們大部分不是懦弱或意志不堅，只是需要在生命的暴雨中有一處樹洞般的庇護所，短暫在那裡等待雨停。然而成癮這樣的洞穴看似容易抵達，裡面卻充滿流沙，許多人一腳踩下，就是整個人生。

那是陷在洞穴裡長長的一生。流沙持續陷落，下一次回過神來時已經到了最低最底，世界的反面。他們被拋棄在日常之外，看著曾經熟悉的街道上陽光刺眼，依然人來人往，但他們已經不是原本的他們。我有時會陪他們把時間回溯到成癮之前，那時的他們有著截然不同的人生；當時那些已經失去的過去尚未失去，而那些曾經可能的未來仍然可能。我們在洞穴的邊緣談著天氣，談著失去與得到，談著洞裡與洞外的風景；洞裡的日子繼續過著，然後等待或許會有某個被祝福的時刻，陽光灑落在洞穴底部，雲層裂開，露出一點點晴天。

萬物皆有裂縫

之間

曾認識一位年輕的男孩，聲音細細，臉頰像撲過了粉。在初次會談時主動跟我說，他喜歡男生，而且覺得自己比較想當一個女孩子。接下來的日子裡，我們討論了髮夾、唇膏的顏色，以及他所嚮往的、某個連續劇女演員的好身材。

我可以想像他的軀體裡面，裝著一個少女的靈魂。那少女愛漂亮，看八點檔，遇見喜歡的男生會努力去追，有著自己的夢想。她還睜著明亮的眼睛正要探索這個世界，而這個世界醜惡與不友善的部分，似乎還沒有入侵她的生活。

他的狀況在精神科診斷系統中能被診斷為「性別不安」（gender dysphoria）嗎？目

前恐怕還需要澄清更多資訊。即使與生俱來的性別（assigned gender）與自覺的性別不同，也尚不足以成為一個診斷。診斷的核心根源於痛苦或失能，而非與社會上大多數人不同。光是與他人不一樣，並不能被簡化為一個疾病的標籤。

「性別不安」在上一版本的診斷系統中，還被稱為「性別認同疾患」（gender identity disorder），而隨著知識的演進，這樣的認同不再被視為一種疾患（disorder），僅著眼於因性別造成的「不安」，但願醫療在這樣的糾結裡能有機會提供協助。不知道是否能在可見的未來，不再有因為性別而感到不悅的狀況發生，醫療盡可能地退出，讓連這樣相對中性的診斷，都失去存在的價值。

目前關於性別，科學上仍爭論不休，缺乏一個絕對的理論可以解釋一切。或許和人類許多複雜的特質一樣，性別在不同場合，也呈現多種不同的面相。從生理上染色體與性器官的差異、自我認知的性別，到表現出來的特質、與被誰所吸引，這些都是與性別有關的描述，或許還有其他更深層的部分未被標示出來。在這樣複雜的本質之下，其實並不是每個人都能完美符合性別的嚴格定義中，那些「氣質陽剛、外表男性化、自我認同為男性且受女性吸引」的生理男性，或「氣質陰柔、外表女性化、自我認同為女性且受男性吸引」的生理女性。

或許可以理解，站在社會群體的立場，二分法的性別較易於管理與避免紛爭；但不能否認的是，對於大部分的二分法，我們有很大的機會站在兩個極端之間。例如每個人都會有外向陽剛的時刻，也有陰柔易感的一面，但這些都是同一個自己。

如同一座秋日森林，不會否定一片顏色不同的葉子，一片海灘也不曾拒絕一顆與眾不同的石頭。或許生活在社會中，我們一直都在某些極端之間游移著：貧與富之間，保守與開放之間，光與暗之間，出生與死亡之間。在這之間的某處，一定有我們安放自己生命的位置。

最美的風景其實都不是在那些僵化、而失去任何可能性的極端部分，而是在它們之間未分化的過渡地帶。在那裡，其實還找得到寬闊的草地，與柔軟的風景。那裡的空間很大，時常吹起溫暖的風，草坪足以容納許多人，能自由地對話而不會過於嘈雜；讓每個人都有機會能找到屬於自己的位置安頓下來，牽著身邊愛人的手，用自己認為舒適的方式，安靜享受一個不被打擾的午後。

生活的渣滓

準備搬離居住五年的醫院宿舍，發現這些年在這裡經過的時間是灰塵，平時安靜地堆積在看不見的角落，只有在最後幾天打掃裝箱的時候，從窗戶透進來的金黃色陽光裡，細細地飛舞旋轉著。

而除了灰塵以外，時間也可能是以雜物的形式，盤踞在這窄小空間中。

打掃時才發現過去生活的痕跡一直都在，只是很少去想到它們；像是一道平時不被注意的疤痕，連同背後的故事一起藏在衣服深處，某日褪盡衣物泡進熱水裡時，才冷不防跳入視野，那些故事活起來般又開始扎扎地疼。

這幾年累積的無用物品，在最後幾天裡，或扔或送了不少。除去買了卻沒在用的背包，只穿幾次的衣服以外，更多不知道該丟不丟的是各式生活留下來的紀錄：旅行的明信片、抽獎得到的小禮物、參加朋友婚宴時的喜帖與婚禮紀念品等等。

有些婚禮小物還有實際功用的就先留著；但有些（小熊玩偶之類）只能純做擺設，最後通常都是丟了或送人。那些隨婚禮附贈的小物彷彿是一種關於婚姻的隱喻：婚禮畢竟不是婚姻本身，像是喜帖上的婚紗照，新郎新娘相擁著對著鏡頭笑得甜蜜；婚禮結束以後新人回到日常，有時爭吵，有時和好，更多的時候是假日早晨懶得刷牙洗臉，穿著邋遢的家居服出門買早餐。

依照功能性分類，該丟的該留的分別裝了幾大箱。但那些看似有紀念性、卻又不那麼必需的物品，才是整理時遇到的最大難題。旅行的紀念品該丟嗎？別人送的禮物與卡片呢？物品是生命的具體證據，時間走過之後留下的足跡，丟了彷彿也就從此訣別了一部分過去的自己。彷彿困難的不是丟棄物品，而是捨棄與一段記憶之間的聯繫。

這世上有一群人，是絕不肯拋棄那些聯繫的。他們戀物，迷戀那些有形之物，近乎強迫式地儲積與保留。有些人沉迷於收集過期報紙、空罐子、舊電器或壞掉的家具，也不為了去回收站換錢，單純只是不肯拋棄，是認為它們終有一天會用一種新的型態，重新回到自己生命裡。

旁人無法理解他們的囤積，他們也疑惑，為何別人看不見這些物品的價值？他們對物品強大的情感依賴，往往讓家中堆滿看似無用的雜物。久未清運的雜物讓存放它們的空間也改變了。或許是地面上的灰塵，或許是寄居在隙縫間的衣蛾與蠅虎，都是空間老去的痕跡。物的存有是一切衰敗的開始。

囤積者把自己，以及自己的生活，壓縮得很小很小，騰出空間來存放那些物品。那是眼睛能看得到、伸手就能觸摸的，知道它們一直都會在那裡，心就沉甸甸的滿足了。囤積是為了一種安心，物品不像時間，堆在身邊就不會莫名地失去，有形之物與無形的安全感，在這裡只有很短的距離。

不願意失去，也不願意拋棄，生活逐漸被過去蒐集的東西所填塞，像是一種隱喻：我們要收藏過去，但亦須騰出空間留給未來。那些不被使用的物品，因自己的形體而

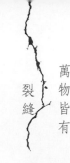

非功能而繼續留在人世間，像是失去生命的木乃伊，囤積者端坐其中，是王朝覆滅以後，整座皇陵孤獨的守墓人。

守墓人的一生也就被埋在那裡了，因擁有而形同拘禁，那座被過去的物品所填滿的空間，也將成為他最後的容身之處。這可能並不只是隱喻：真的有人因為堆積過多雜物，而引起火災、孳生病媒而染病，甚至被倒塌的物品壓死的。

但對絕大多數人來說，所擁有的物品增加，亦是活過的證據。隨著時間過去不可避免的，或多或少總是有一些渣滓會沉積下來；無論是以收藏，或是以垃圾的形式。

／

離開醫院宿舍，到新學校安頓好以後，在縱谷的生活由此展開。

小小的研究生單人宿舍裡，一張床一套桌椅，衣櫥與書櫃，就幾乎沒有多餘的空間了。上午剛從醫院宿舍裝箱打包的什物，下午便從箱子的秩序中解放，倉卒地占據了新的房間。

新的生活開始累積新的渣滓，但這次有了暫居此地的自覺，因此有意識地壓抑了購物的衝動。房間角落裡不起眼的垃圾桶，記錄了我在此生活過的痕跡：那些光鮮的文明外皮被剝下後，破碎而難堪的殘骸。

學生生活規律而單純，一方面地處偏遠，日常所求所需極少；另一方面失去了每個月固定進帳的工作收入，一切皆須從儉。三餐皆在學校周邊的餐廳內解決，偶爾嘴饞想吃宵夜，校門口那幾攤鹹水雞臭豆腐什麼的，用玻璃餐盒裝了即可外帶。生活簡單，垃圾也就少了。除了偶爾自己下廚所產生的菜梗果皮必須當日即棄以外，度日剩餘的渣滓不過就是幾張衛生紙、一小撮泡發的濕茶葉、偶爾一只盛過可樂的寶特瓶而已。茶葉渣乾掉了仍有淡淡清香，其他緩慢成長也不發臭的垃圾量，在角落的垃圾桶裡幾乎可被忽略；時間過去，裡頭依然歲月靜好，垃圾安穩。

據說垃圾比任何自白、宣言，還要更能夠真實地呈現一個人的內心。例如說好要開始減肥的人，垃圾桶裡可能連續幾天出現裝過鹹酥雞的紙袋；或是在看似顧家的丈夫的垃圾中，發現在外縣市購買保險套的發票。一個人製造出的垃圾，比他本人還要誠實。

垃圾是私密的，是自我與垃圾場之間，單方面的叨叨絮絮；垃圾桶是最有耐心的精神分析師，那些隱藏起來的欲望、衝突留下的滿地碎玻璃、擦過淚水的衛生紙，在這裡能夠毫無掩飾地被丟棄、被釋放；但也有可能，被分析。

我們習慣對垃圾桶誠實，但也有最小心翼翼的人，連丟垃圾都特意隱藏。而的確，電影裡探員面對毫無破綻的罪犯時，常做的就是喬裝清潔隊員，收集他每天門口垃圾桶裡的垃圾，回到根據地，再將那只乾扁扁的塑膠袋拆開，考古學家般，用放大鏡逐一檢視每一塊內容物，唯一的破案線索通常就會在那裡。多年前看過朱少麟的小說《地底三萬呎》，裡頭一個撿破爛的「帽人」，負責小城的垃圾收集與處理，但有時候你幾乎以為他掌握的是每個人不為人知的內心；他是垃圾場中的哲學家，從垃圾裡面，看穿了世界的底細。

垃圾，或許是這個消費世代，全球共通的語言。在海島、在鄉村，在任何一個文明的邊陲地帶，你都能輕易地見到垃圾。有時我會忍著臭爬上位於村落隱蔽處的垃圾山，蹲下來，仔細檢視腳下的垃圾。在貧窮的地方，它們通常是一些生活的殘留物：你能看到花花綠綠的飲料瓶、沙拉油桶、裝過糖果或麵粉的包裝紙袋。於是你知道這個村莊的大致概況：規模多大？飲食型態？甚至於消費水準怎麼樣？

那些垃圾不毀也不滅，層層疊疊都是時間的痕跡，幾乎可以用考古來建構出一部地方誌。它們打出生起就是從工廠製造，被人由商店買來，很快被丟棄，並和其他的垃圾混在一起。垃圾是無法像落葉果皮般，被大自然所接納的。它們不認得土地，而土地也不認得它們。

在垃圾山上一腳高一腳低，踩著的是文明的廢棄物，也有可能腳底下是一整個文明本身。整個消費時代的文明狂歡之後崩塌了、毀壞了，最終成為渣滓。文明易毀，垃圾永存。世界是一處巨大的垃圾場，而我們都身在其中。

疼痛也是活著的證明

在治療室或診間，時常可以看見這樣的景象。

一道一道細細的傷疤爬滿左手腕。有仍發紅的，也有已癒合的淡淡痕跡。新的傷口壓住舊的疤痕，傷與傷之間彼此交錯糾結，成為一個自殘者在自己肉身上刻下的年輪。

一般來說，這樣的傷口無論出現在家庭或學校裡，都會引起旁人極大的反應。有些人避之唯恐不及，連說出「自殘」兩字都彷彿是個禁忌；也有驚恐的家屬會帶自殘者前來醫院，希望精神醫療能夠「治好」他，此後再也不會做這等危險的事，成為一個活在陽光底下「健康」的、嶄新的人。只可惜在多數的現實狀況下，醫療僅能做到緊急處遇，給予藥物或安全的環境讓心情平復下來；但若有幸真的能進入到會談室內維持一段不算短的關係（這必須要在每一方面都剛好有資源且願意配合的情況下），或許能邀請自殘者一起坐下來，談一談自己的經歷。

自殘並非單純的、猶如細菌感染引發肺炎一樣的直線因果，而是背後有數不清的因子在彼此牽引著，互動著。稱呼他們為「自殘者」並不是一個很好的共用標籤，若有一百個自殘的人，就可能有一百種自殘的理由。單薄的精神科診斷無法細緻地描述自殘。無論是從家族動力、學習理論、行為模式還是童年創傷來看，都有機會探索出一部分的原因，但旁人永遠無法真正釐清自殘的完整面貌，即使自殘者本人也不一定能說出個所以然來。探詢自殘的意義並不僅是為了要找到開啟治療的契機，而當自殘者與陪伴者一面相互扶持，一面在黑暗中摸索前進時，這樣的儀式，就已經是治療的一部分。

若能先去掉那些看似反射實則傷人的忠告（「想開一點就沒事啦」、「比你辛苦的人還有很多」、「你這麼做，愛你的人會傷心啊」），單純抱持著中立且好奇的態度探索「自殘」這件行為，你會發現那是一扇關緊的門，穿過之後才能沿著樓梯往下走，走到更深的地方。深處可能藏有鬼怪，但不能怕，有些事否認比確認還要傷人，雖然轉身逃開永遠最是簡單。

有人的自殘是宣示，也有人是宣洩。曾有人告訴過我，他的自殘不是為了想死，是為了提醒自己還活著，還能夠痛。也有人說過，自殘時的疼痛，是自己存在的證明。用肉體的傷驅除心裡的痛，好像生活到了最低最底，只剩下自己的痛自己的血，是整個失控的生命裡，唯一能掌握的東西。

是怎麼樣的看不見的傷，巨大到連痛的感覺都麻痺了，需要用刀片劃開另一道真實的傷口，來提醒自己呢？我們永遠無法親身經歷另一個人的苦痛，只能試著接近。

我想起糖尿病數十年的伯父，蝸居在舊市區的老房子內。或許因為視網膜病變的緣故，他的視力早已變得極差。他的房間在老房子的深處，終年燈光昏暗，需要經過一條長長的陰暗走廊才能抵達。我曾經看過他百無聊賴地用電蚊拍電自己的小腿，在稀薄的光線中發出刺眼的火花。腿上疼啊，好像有螞蟻在咬，他說。

他並不是有意地自殘，只是很自然地用疼痛去驅趕另一種疼痛。疼痛對他來說也是一種治療嗎？至少這樣的疼痛是自己能夠選擇的，是生命的一部分。痛久了，傷口會癒合嗎？會因為變得習慣而麻木嗎？我們並不鼓勵自殘，但也不必急著把它妖魔化，有時候需要一點時間去靠近，去學習。至少有些人在痛過了以後，生活能獲得一些舒緩，一些力量。至少還可以期待一天撐著一天，那些線頭般卡住的日子，或許在未來陽光晴好的某日，就忽然鬆開了。

細節綻放如花

我很難認得別人的臉。

人的臉上充滿細節。那是眉毛的粗細長短，鼻梁高聳或塌陷，眼皮或單或雙，眼頭與眼尾的弧度如何改變，嘴角牽動著怎麼樣的肌肉，然後笑逐顏開。那些細節是花，在你和那人面對面交談時輪番盛放又同時凋謝，幾秒鐘內就演繹了一整個季節。

但我時常走入小徑，並且在繁花盛開處迷失，而見不到作為全貌的一整座花園。

人對人臉有特殊的整體辨認能力。即使我們難以分辨出一朵蘭花和另一朵蘭花之間的差別，也沒辦法快速認出一隻黃金獵犬或是一隻麻雀的臉孔，但對於身旁同類細微的五官差異卻能有敏銳的感知。然而並不是每個人天生都具備這樣的能力。最嚴重的臉盲被稱為臉孔失認（prosopagnosia），是一種神經學症狀，可能在中風或是腦傷之後發生，也可能是與生俱來的特質之一。這樣的困難可輕可重，以前學界認為臉孔失認僅是罕見案例，但近年也有報告認為有類似困難的人可能比過去想像的還要多，大概占總人口的百分之二左右。想像你走上一條擁擠的街，人們很容易在陌生的臉孔之中標定出那唯一熟識的五官排列，但唯有你，只能在人海裡踽踽獨行。

臉盲的人能夠辨識臉部的細節，但難以將這些細節整合出意義。因此這樣的問題並不在於「視」，而是在於「認」——從神經解剖學的位置來看，連結大腦掌管視覺的枕葉與賦予意義的顳葉之間的右側下縱束（Inferior Longitudinal Fasciculus, ILF）白質，可能藏著人類如何辨認臉孔的鑰匙。

由於無法辨認五官，我認人的線索大部分來自於臉孔以外的周邊資訊，諸如髮型、衣著、配件、聲音，甚至連這人出現的場所或是互動的親疏程度，都可以成為定位的線索；只是當一個人離開他慣常出現的場合，或是換了眼鏡換了髮型，他的臉孔就會像是颱風天斷了纜繩的船，轉眼間就漂離了那個他寓居的名字，在我腦海裡愈漂愈遠，終至消失。

我時常羨慕某些醫學生時代或曾聽聞、或親眼見到過的前輩醫師的認人功力，那樣的能力對我來說有如特異功能：醫師在醫院地下街被一位路人叫住，他第一時間就認出這是自己幾年前僅看過數次的病人，連對方是什麼診斷、治療狀況如何，甚至先前陪病的親人也能流暢問候，彷彿內建一部人臉辨識的資料庫。那樣的能力在人際互動上有太多的優勢，畢竟在大部分的情況下，人都希望自己的臉被所珍視的人記住，我的臉孔在你的腦海裡占據了特別的位置，是獨一無二的存在。

因此我走在路上時常心驚膽跳，畢竟一個突如其來的招呼，很可能帶來的不是驚喜，更像一次難堪的隨堂抽考，而且你壓根沒有準備。有些時候能靠著一些東拼西湊的資訊碰巧猜對過關，更多時候是以尷尬換取更多的尷尬（「嘿好久不見啊！」「呃請問你是……？」）。因此有人認為這樣隱微的困難會影響社交功能，使人變得較為退縮與焦慮。而我也發現我在網路上與人互動比起現實生活中來得更加安心——畢竟網路上每個人都是一組清晰可辨的帳號，但實際見到面時，他們的臉上可不會寫著自己的名字啊。

當你在街上遇到多年不見的好友，興奮得上前相認時，若你發現他面色古怪，侷促不安，或許可以不著痕跡地暗示自己的姓名或是綽號，與過往對你們都很重要的情境線索；若對方碰巧有著臉盲的困擾，那將會是一種溫暖的體貼。即使他第一時間對你的臉孔沒有反應，也不一定代表遺忘了你這個人；而是他可能暫時迷失在細節的花園之內，等你前來，用各種線索帶領他走過腦中那段曲折隱密的小徑。你在他的腦中並不是用一張臉孔作為標籤，而是純粹作為一段時光的切片儲存在記憶裡的。他正等著你撥開那些細節，逆著時間的流向逐步上溯，在過去的某個相遇的時間點，你找到他，而他也找到你。臉孔的細節因此不再重要，就讓它們留在那裡，繼續綻放如花。

黑太陽

某一天，你往窗外看去，一片漆黑。那並不是夜晚，太陽明明高懸在天空中，只是變成黑的。黑色的太陽像天空被燒破了一個洞，當你盯著它看，好像身邊的所有色彩都被那個洞吸了進去，此後你看出去的景物都失去了顏色。太陽的光也是黑的，從天空中黏稠稠地滴了下來像是黑太陽的血，那樣絕對的黑覆蓋了大地，讓原本陽光之下的一切都被取消了細節。

黑太陽降臨的時候，日常的世界出現了斷裂與縫隙。你不知道哪時候太陽開始不再是日常那個發出耀眼光芒、賦予萬物顏色的太陽。兩週前？三個月前？半年前？你仔細思考生活中事物的色調的確逐漸變暗，彷彿故障的手機螢幕，一天一天失去了色彩與光亮。但周圍似乎沒人發現這樣的異常。人們嘻笑經過你身邊，結伴去吃晚餐或趕赴另一個約會，只有你獨自一人朝著相反方向走。旁人的世界光鮮燦亮，而你獨獨在自己的世界裡擁抱著黑色的太陽。

黑太陽帶來意義的剝落，像焚燒中的美術館裡，絕望的油畫——原本精細的構圖、桌上的花瓶與水果、畫中人物臉上細微的表情與陰影，全在第一時間就被燻上一片焦黃。接著色彩飽滿的油彩逐漸扭曲、融化，最後燒焦變黑，成為一坨一坨毫無意義的爛泥。黑太陽是這個世界的否定型態。是對美的否定，對光的否定，對一切存在意義的否定。

太陽最黑的時候不在黑夜，是在清晨，在夜與黎明的交會點，一天中氣溫最低的時候。有些人受詛咒般的，在日出以前，卻先迎來黑色的陽光。黑太陽讓睡眠變得支離而片段，彷彿還沒真正地睡過就要醒了。夢與片刻清醒混雜，成為睡眠的基調，那樣的睡眠是浮標，注定只能在夜的水面游移，隨著浪頭起起伏伏於睡與醒的邊界，而無法泰然地拋下一切沉入無聲無光的海底，深層睡眠的居所。

有著黑太陽的世界裡，草木生長遲滯，時間的流速似乎也慢了下來。太陽是黑色的時候，人賴在床上什麼也提不起勁來做，好像睡了許久但又像絲毫沒睡一般的累，時間像糨糊般漸漸停止流動，在身邊堆積著，人在其中幾乎滅頂。有時彷彿已過了很久很久，但一看時鐘，分針才只往前推進了十分鐘左右。從此你才發現，在那個世界裡時間竟然是有形體的，可以變成監牢，也可以讓人窒息。

人在停滯的時間裡，生理機能也靜止如植物一般。一整天只喝少量的水，不太會餓，彷彿把人活成了一株草、一棵枯木，只需要最低限度的養分，就能讓這副肉身繼續維持基本的功能。

甚至連是否維持生命也不那麼在意了。每天睜開眼，見到的太陽都是黑的，讓人幾乎忘記那顆總是熱烈發光，以往被視為理所當然存在著的太陽，是什麼樣的形貌。黑太陽成為這個世界的常識，新的秩序，你只能去熟悉它，適應它。人要怎麼樣才能和太陽對抗呢？在黑太陽底下，似乎預言著一切的改變終將失敗，一切的努力都成為徒勞，生命是一場沒有終點的凌遲。

你不知道黑太陽從何開始，也不知道它將持續到何時才能結束，只能等待；盡可能維持綿長的呼吸，小口攝取食物與水，勉力維持十分鐘的散步習慣，種子般從四周的黑暗裡蒐集細小的能量。對於太陽，或許等待也能夠作為一種安靜的反抗。太陽黑色的殼可能在未來的某一天裡突然出現裂縫，那時從裡面流洩出的，是你幾乎以為再也無法見到、但旁人看來從未缺席的，如往常一樣飽滿的陽光。

題名借自克里斯德瓦，《黑太陽——抑鬱症與憂鬱》，初版，台北：遠流。

臨終之甬道

住院醫師時期曾經有段日子，我頻繁來往於北部與台南之間。那時候的行程常常是這樣的：禮拜五下班後先小睡幾個小時，凌晨鬧鐘把我驚醒，拎起背包趕往醫院附近的客運站，搭兩點的客運車到台南探望我正逐步走向死亡的阿嬤；當日再搭傍晚的客運回醫院，準備禮拜天的值班。

我依稀還記得那個場景：入秋後細細的夜雨，深夜無人的國光號車站只有我一個乘客，日光燈亮晃晃的，電視上重複播放的購物節目聲音在空蕩的候車處迴盪，站務員在櫃檯後方悠閒地滑著手機。車子安靜地滑行進站，車上只有兩三個熟睡的乘客，我占了兩人份的位置，試圖用安全帶繫穩方才中斷的睡眠。

客運抵達台南站的時候，天色才矇矇亮。趕在這座城市醒來之前，我徒步走過火車站附近、鐵門尚未拉起的東南亞雜貨店，隱藏在巷弄中安靜的小廟，在中西區百年歷史的街區中吃那些早起的巷口早餐攤，或許是鹹粥，或許是魚皮湯，再回到那棟老宅裡陪伴早我一步來到的老爸，與躺在床上的阿嬤。

我該用怎麼樣的角度看床上那位吊著點滴、半睡半醒的乾癟老人呢？大家族裡最年長的長輩？我體內四分之一基因密碼的源頭？還是一位八十二歲女性，大腸癌轉移的末期患者？

阿嬤在我有記憶的時候就已經是個老人了。印象裡，她總是在年夜飯前大家在客廳看綜藝節目的時候，和她的媳婦們在廚房裡忙進忙出，一盆一盤地在大圓桌上擺滿年菜；但大家從客廳移動到餐桌前開始吃年夜飯時，和同樣吃素的嬸嬸避開圍爐的大圓桌，窩在餐廳一角的折疊桌旁，吃擺在小桌上的幾碟素肉、豆干什麼的。小時候的我覺得阿嬤很可憐，看著整桌噴香的火鍋蝦捲蒸魚乾瞪眼；但等我開始自己做菜之後才了解，兒孫們大口吃喝的景象或許才是她真正的年夜飯。

阿嬤生命最後的日子還是回到她老宅裡，只是她的戰場從廚房縮小到臥室一角吊著點滴的床。她走的是居家安寧照護流程，離開醫院以後，帶著管路與基本的藥物回到她把五個孩子拉拔長大的房子裡，退化成一個需要別人灌食的皺巴巴的老嬰兒。或許人生的開始與結束像一個環，最初與最末都會走到差不多的地方。

臨終前那段時日，阿嬤的意識時而清醒、時而混亂。她像是才剛勉強認出我的臉，卻一下子又被拉回自己童年在台南鄉下的那個家。我不由得想像她正自由地跳接不同時空，隨意穿梭自己活過的八十年生命。

身為家族中唯一一個醫療人員，在臨終的過程裡，常被諮詢醫療方面的問題：例如，阿嬤認不得人怎麼辦？阿嬤一直睡覺，醒來就胡言亂語怎麼辦？我看著躺在床上睜著眼、但意識渙漫的老人，不知道該用什麼樣的身分發表意見：是孫子呢？還是醫療工作者？但無論是什麼樣的身分，她的狀況我相當熟悉。四年精神科的訓練裡，我曾在數百張病床上看過這樣的景象：譫妄。

譫妄的出現代表身體狀況影響到神智，可能成因非常多種，不一定只出現在臨終期。它的症狀晝伏夜出，最常會影響對時間地點人物的定向感（orientation），使人注意力渙散，也常會有幻覺經驗：看到不存在的動物穿梭病房，或是死去的家人前來拜訪。

我偶爾會追蹤那些我看過的譫妄個案：有些很快就康復出院，甚至不需給藥；但有少部分人的譫妄彷彿是死神來臨前的預告函，在意識混亂了幾天之後，病歷記載以一次忙亂的急救場景告終。

針對譫妄是否需要治療，醫療實務上一向沒有明確分野。近年來有一派論點主張臨終前的輕微譫妄不需積極治療，認為那是通往死亡之路所必經的驛站，生理機轉正在用自己的方式，將意識送往現實之外的甬道，避開臨終時的痛苦，直抵死亡深淵的入口處。那支醫院已經備好的haloperidol 5mg抗精神病藥物針劑，在細細的針筒裡清澈得像水，我拿在手上卻覺得沉重；不知是要注入阿嬤的點滴內減輕精神症狀，或是該就這樣放在一旁、讓她用自然的方式走完最後一段路。

阿嬤神智忽然清醒過來，用她滿是皺紋的手抓住我的手，像是告誡又像是叮嚀地說：「序大人（sī-tuā-lâng）出門行路愛挈（khèh）雨傘，落雨會當（ē-tàng）攑（giàh），出日頭的時陣會當當作枴仔慢慢仔行。」每次說完的當下彷彿馬上就忘了，她連續說了好幾次。我至今無法理解她對我說這句話有什麼樣的涵義，但她把每個字慎重地捏在手中，秤重量似的反覆，每個字像是因此都沾染了手心的溫度，如同遠行者的叮嚀，也像詩一般的隱喻。

不識字的阿嬤大概不會作詩。但我那時早就把一切熟悉的認知功能評估與診斷準則留在醫院裡，相信她真的是在對著我傳達一些什麼訊息。就像是那些臨終前知曉自己將死的預感，或前來迎接自己的死去的親人，都是醫學上難以完全解釋的部分。或許醫學可以暫且止步，在這裡留下一些神祕、一些未知是好的；讓我們在面對死亡時，可以把理性的燈光調暗一點，留下一些陰影、一段模糊地帶，讓已經疲憊的靈魂能走得自在一點，送祂們穿過這段死蔭之甬道，前往全然未知的彼岸。

魔鏡魔鏡

已經是人手一支智慧型手機的年代了。科技大規模滲透進我們的生活，身邊充斥著看不見的電磁波；隨時都有人點亮手機，動動手指，整個世界就在你的指尖底下（啊多麼像電信公司的廣告文案），平而光滑。

現在已經愈來愈少人用手機來撥電話了，那彷彿已是上個世紀的儀式：那時的電話笨重而大，需要默背一組號碼，那組密碼能帶你穿過海，穿過霧，穿過城市裡錯綜複雜的地下線路，直接連結到你要找的那個人，讓他手邊的電話也響起來。那時候兩個剛認識的人交換電話號碼，把那些數字用原子筆珍重地寫在小紙條上，就已經是一種隱微的邀請。我給你只屬於我的密碼，約好的那段時間我會坐在這裡，靜靜地等你來；即使沒辦法實際見到你，但我真想聽聽你的聲音。

那時候在電話前等待約定的時間到來，電話依約響起，像西部片裡站在家裡的木門前等待送信的馬車，遠遠地揚起塵埃，從村子口的泥土小路搖搖晃晃地過來。那樣的等待是緩慢的、是泛黃的，那樣的等待像一種必要的儀式，本身就帶有許多訊息。而現在路上誰都隨時在回覆Line、在接收Messenger；手機接上行動網路彷彿裝上翅膀，點開幾個鍵，隨時隨地就能在雲端飛翔。

然而用聲音、用文字來傳遞訊息，已經是手機最基本的功能了。在這個進化到習慣相片與影片的時代，讓你聽見我的聲音還不夠，還要你直接看見我，以及我所見到的世界。手機廣告主打的也從外型與運算速度，變成前鏡頭後鏡頭分別有多犀利，誰的相機內建修圖軟體，誰又是新一代的自拍神器。

自拍，二十一世紀開始爆紅的名詞；誰都會自拍，但自拍並不只是拿著手機對著自己按下快門那麼簡單，光是自拍的姿勢也需要精打細算。怎麼笑，怎麼縮下巴，鏡頭怎樣四十五度角由上往下拍過來，都是少女小小的心機。如何用髮型修飾自己臉部的線條，該側過多少角度，臉才會看起來比較小；每張照片背後是一連串的設計，自拍是日常小規模的展演，是劇場，是伸展台，自己是設計師也兼任模特兒，臉就是自己忠誠擁護的品牌。

啊我們的臉，在這個時代如此重要。臉是外觀，是第一印象，是書的封面；在這個快速到沒時間好好翻閱一本書的年代，看到封面的第一眼，那十分之一秒的閃電，瞬間就已經決定了一切。

我們學著修飾自己的臉，不管是用修眉刀、化妝品、肉毒桿菌素還是修圖軟體，都在讓它朝我們的理想更靠近一點。除了自己修飾，有些人還強迫別人要按自己的意思修飾（每個人多少都聽過「女生上班／出門不化妝就是沒禮貌」之類的話），修飾多了也就衍生出自己的文明。一張張的臉集結起來成為一本書，在那樣的書裡面連文字也成為配角，如同Facebook漸漸被主打視覺的Instagram取代，誰說自拍照就是膚淺，就不能像文字一樣傳達訊息？一位精於自拍的少女，一張相片裡神態表情姿勢妝容擺設所釋放出來的資訊量，搞不好超過一篇文章的總和。

每一次自拍其實都預設著，這張照片將在某時某地被別人所看見。有人來過了，留下一個讚，或是一個愛心；但是接下來呢?手機深邃而黑的鏡頭像一座不見底的深淵，自拍的時候你凝視著深淵而深淵也凝視著你，深淵的另一頭連結到網路上無數虛擬的瞳孔，你像是被失去面目的大眾窺視著、簇擁著，觀眾大規模地盛放，下一秒他們卻又好像退潮般集體缺席，誰也沒有注意到你。

手機是現代人的魔鏡。連上網路的智慧型手機像魔鏡無所不知也無所不能，彷彿就代表了智慧的本身；手機是一切問題的謎底，也是一切答案的終結。手機的鏡面映出自己的影像。有些人自拍只是單純為了留下紀念，另一些人自拍的時候，心裡其實想問手機：「魔鏡魔鏡，我是不是像過去一樣美？」「魔鏡魔鏡，我是不是還被大家羨慕，還受人歡迎？」這時候把自拍照放上網比去行天宮問事還有效，光是看著螢幕上跳出攀升的讚數就能夠讓自己心安，不用燒香默禱，也不用反覆擲筊。

《哈利波特》裡也有另一面鏡子，能忠實呈現人心中欲望的「意若思鏡」（Mirror

of Erised）。J. K.羅琳在這裡玩了個文字遊戲，「Erised」一字在鏡中的倒影即是「欲望」（desire）。上傳到社群軟體裡的自拍照，也是一種意若思鏡嗎？因為自拍不是風景照，不是街拍，也不是生態攝影，自拍照裡幾乎所有的參數都是由自己設定的：在哪裡拍，和誰拍，做什麼的時候拍，和什麼東西一起入鏡，穿什麼衣服以什麼表情用什麼角度拍，拍醜了可以無限輪迴刪掉再拍一次。

自拍這樣空白而自由的特性某部分遙遙呼應了心理學所說的「投射」（projection）：被我們層層粉飾得萬無一失的自拍照，或許也因此洩漏了一部分自己真正的內心。那是想望，是自己最希望被別人看見的那一個面向。是真實，但也不是完全的真實。這或許也是為什麼有研究指出，使用社群軟體反而會增強憂鬱感。畢竟許多人會放上社群軟體分享的自拍或動態，都是自己最風光的那一面啊；很少有人會在剛哭過，剛睡醒，披頭散髮、眼角還黏了眼屎的時候自拍上傳的。那些千錘百鍊的自拍，永遠是在各種條件準備就緒，燈光、道具、擺位都已臻完美之境的瞬間，才按下快門。那時手機的螢幕一閃，世界就此被切片風乾保存在一張自拍照裡；在那記憶體內存放著的，數十甚至上百張時間的標本之中，反覆斟酌、修圖、刪刪改改，最後上傳到雲端的、那唯一的一張，隱約有一種下好離手的氣勢，一種永不回頭的蒼涼。魔鏡魔鏡，在這張照片裡，那個像是自己卻又不是自己的人，是我心目中最理想的樣子；即使在未來眼前所見都不免要毀壞，我有確實留住我生命中，最美好的那個瞬間了嗎？

世界存在於我們的編織中

治療室裡飄浮著各種敘事。敘事像毛線一樣被說出來，飄浮在空中，有許多顏色；說著說著有些敘事就結成線球，有些舒展開來被織成了毛衣。精神科醫師多半的時刻都只是聽，聽得多了彷彿也只能夠沉默，沉默是一個遙遠而背光的星球。

與一般人所想像的不同，精神科醫師的訓練不全然在「說」，也相當著重於「聽」。「說」有時候會像是一種略為粗暴的給予，但「聽」不只是被動地接收聲音，更可以順著敘事的語言往上爬，主動地朝著意義的源頭追溯。聆聽者是在敘事裡溯溪，沿途皆是巨大的山岩和激流；你或許會感到冷與疲憊，但你知道自己已經身在其中。而意義也是語言的編織，那可以是一條披肩，也可以是一方桌布，擁有的人能夠任意使用它。桌布鋪上去，那些不被承認的傷口就這樣被蓋在底下了。點起蠟燭，桌面乾淨得像是新的，像已經準備好可以承擔日常的重量；有人敲敲桌子叫了一桌菜開一瓶紅酒，卻沒發現桌布底下已經千瘡百孔。

如果語言可以被編織，那也能夠被拆解嗎？當我們捏起一條殘線，拉著拉著，能不能追溯到最初的線頭？然而拉扯的過程可能是痛的，是撕裂，一根線頭愈拉愈遠就崩解了整件毛衣。一條線掙脫了自己被規定好的位置，是背叛，還是解脫？現在你不再是一件舊毛衣的一部分了，你又成為線，可以自由穿梭在狹窄的空間裡，可以彎曲，可以和其他的線重新織出一副手套，或是一條圍巾。

「但我是注定不被愛的。」有人帶著這樣的命定似的語句走過很多個冬天，像是詛咒，又像一則預言。但聆聽的人無法滿足於這樣的敘事，還會想知道得更多，更遠。於是敘述者繼續說了，說到那些擱淺的愛情，受過的傷，與泥濘般的童年。眼淚像雨一樣安靜地下著，然後滲進土裡。聆聽者不太說話，他最多只是問，然後默默地聽；他坐在敘事的河堤上，陪著敘述者一起笑也一起哭，看那些語言像是從土地深處匯集到河道裡的水，在陽光下閃著波光，經過我們，然後朝遠方流去。

這世界上有絕對的真理、不變的事實嗎？礫石磊磊的河道，有辦法靠著河水流向的細微變動，而終能改變彷彿命定似的足跡嗎？人所理解的事實需要靠語言來描述，但只要開始描述，就涉及敘事，在敘事裡，人們得以編織語言，編織經驗。編織能讓棉線成為布，勾勒出布面的紋理，讓原本無關的事物交錯，也能把糾結的線頭釋放。透過描述，人把自己編織進敘事裡，沉浸在語言的河水中；河水忽暖忽涼，溪底彷彿湧出溫泉，再次睜開眼的時候，葉隙間打下的陽光燦爛落在臉上，原來自己已經隨著河水漂流到從未抵達過的地方。

然後你漸漸發現所經驗的一切都是編織出來的，同時在語言裡也可以被拆卸，被重塑成新的形狀。你試著編織更多，拾起語言的線頭，編織河水、編織風、編織陽光。然後在你不注意的時候，身旁的風景似乎隨時都在流動，上一秒的世界在你用語言述說的當下，就已經被拆解同時又被重新建構。環顧四周，好像一切都與原先相同，但又有什麼不一樣了。是光的色澤嗎？是陽光打在身上的感受，還是風的溫度？很久之後你才發現，你走過很遠很遠的路嘗試去尋找的那些意義，原來早就已經存在。我們正不斷地將我們的生命經驗拆解和編織；鬆開，復又與這個世界重新交錯。

有病

紫色的遊覽車離開了，兩道霧中的大燈由右而左掃過山壁，在視網膜上燒灼一道白熾的印痕之後，蜿蜿蜒蜒地往山下去了，而我繼續跑著。山路上每隔幾公尺就立了一盞路燈，無有行人，光在霧裡濃得簡直要滴出水；沒有下雨的時候，我總沿著這條荒僻的山路跑，到山頂的湖去。

數月前輪訓至這處濱湖的院區，環境改變，心情也隨之煥然一新。辦公室的座位後方就是一面大大的落地窗，窗外是山，是樹，是通往山頂的湖的公路，一個穿明亮黃衣的腳踏車騎士奮力地踩著踏板，無聲地慢慢移動。

那時還時常下雨，山林間雲霧放肆地蒸騰亂竄，這本是他們的遊樂場。路曲折地往霧的深處延伸過去，消失在一片白色的霧的沼澤中。

路盡頭的湖有著怎麼樣的風景？我常在臨床空檔休息的時候捧著一杯熱茶，站在落地窗邊想。

／

我回到病房，試著與我照顧的個案們會談，在那些縹緲的症狀之中，尋找直指診斷核心的道路。

精神科的診斷與其他科不同，原文裡通常不稱作疾病（disease），而大多稱之為失序（disorder）；顧名思義，便是春寒中不合時宜的一樹過早盛放的花，龍身上長錯位置的一片憤怒的鱗。

這些失序必須被放置在社會的脈絡中才會顯現出意義。有人提出一個假設：精神疾患在任何族群中皆存在，甚至上溯到遠古很可能就已是人類社會裡的一脈旁支。但這些在今日社會裡書空咄咄怖頭狂走被視為怪異而入院的患者，很可能在上古時期是部落裡與神靈溝通的祭師；而我面前的個案，是祭師的後裔，正與看不見的靈交流。

他正專心地述說要開一間廟的計畫，桌上放滿了他自己畫的符，他有一本道教符籙大全，日夜抄寫臨摹。據說入院前真的有人找他問事卜卦，而他也能正經八百地給予建議。

「昨夜夢裡遇到了恩主公，他說我是觀世音菩薩轉世，叫我跟你說，要一直往左邊走，遇到壞的事，也不能回頭。」他看著我的眼睛，那眼神逼得我無法轉身；我知道他完全相信自己的幻聽，但那誠懇非常動人。

我向他道謝後離開，心裡盤算著或許要再多加一點藥；一方面卻又感嘆著，這可能是我今天聽過最真誠最不假修飾的話語。

病房有訂閱報紙，擺在護理站的櫃檯上任人取看。每日的報紙頭條光怪陸離，廠商說原料來源一切合法，政府說一切以民意為依歸，而且竟然有這麼多人如此深信不疑；每當這時候我就會開始錯亂，究竟病房裡面是精神疾患的世界，還是現實社會反而是妄想與幻覺的樂園？

／

我繼續跑，雲霧漸漸降臨到我的身周，人行道上牽手散步的老夫妻被甩在後頭，路邊停車也都不見了；只有自己的呼吸與腳步聲伴隨著我，一個人跑著，一條延伸向兩頭的柏油路，往前是荒原，往後也是荒原。

這個月開始接觸心理治療，那是多麼神祕而迷人的領域。在教學門診裡旁觀主治醫師與病人會談，會談中所有不經意的阻抗、猶疑，都曲折地指向人格裡塑造的謎。

每個謎都是一道被意識縫合的傷口，你若真的敢拆封，底下就是整灘惡臭的血與膿。例如我曾見過的個案，F，非常害怕病房保護室裡的燈泡。每當在病房情緒失控被帶進保護室時，她總是幾近歇斯底里地發抖、尖叫。後來才知道她國中時被表哥強暴的房間裡，就有一只這樣的燈泡；那幽微的光在成年以後的歲月裡，日日夜夜燒灼著她的眼睛。

痛得太久，人生也就被燒穿了洞。

我常常在想，作為一個由人群所建構出來的有機體，一個國家是否也有自己的人格與個性？例如在敵意與衝突間成長的背景，造就了刺蝟般多疑、心裡被害念頭揮之不去的以色列；在列強霸凌中長大的中國，翻身之後卻變得自大又自卑。

而台灣呢？那一整個世代蒼白肅殺的創傷經驗，塑造了自小聽過無數遍大人們諄諄告誡的「千萬別碰政治，給人抬轎」；塑造了許多人看到電視上出現抗爭場面時，第一個反應即是下意識地關掉電視，或轉到隔壁的財經台，用那些紅紅綠綠的數字填滿一整代人的人生。

早年與人相處的經驗編寫了往後的劇本，在人生的舞台上，將自己與他人置入僵化的角色裡。有些人在每段關係裡都索求無度，有些人屢次被最愛的人遺棄；那些生命中反覆搬演的故事，像謝了幕的舞台上，渾然不知道已經熄燈的幽靈，繼續扮演著劇本裡的角色。

那時候的創傷經驗與隨之而來漫長的壓抑，以至於有好長一段時間這個社會對不合理的事物視而不見，也對公眾事務過度冷感與恐懼；把目光收斂在看得到的物質生活上，深怕心底那個被迫害的恐懼重演。早年記憶的幽靈從來沒有死去，陽光比較虛弱的時候，它們總是會回來。

／

我登上最後一個石階，湖就出現在眼前。

此時天色已接近全黑了，起霧的晚上沒有風，湖就像睡著的鏡子那樣安靜地等在那裡，彷彿早已知道有人要來拜訪，又彷彿無所謂。湖上倒映著霧，與霧背後的月亮；倒映著樹，也倒映著湖畔毫無美感的人造塑膠涼亭。眼前所見的一切無論是好是壞，都被湖面忠實地倒映著。

神經科學家曾提出假設，每個人腦中都存在著鏡像神經元（mirror neuron），這種神經元如鏡子一般照映出別人的行為，而使我們繞過表象，了解背後的意義。

而這會不會是同理心（empathy）的起源？

同理心是建立溝通的第一道橋梁。與同情有所區別，同理心嘗試做到「雖然我不是你，但我願意站在你身邊，試著去了解你的想法與感受」，在原文裡用的英文是「把你自己放進另一個人的鞋子裡」（place oneself in another's shoes）。學習將自己的腳縮小、變形，塞進那雙自己不曾穿過、但另一個人必須天天面對的破鞋，學習同理他鞋子裡的小石頭與腳臭。

唯有這樣，溝通才能開始。

這一兩年間，台灣的政治與社會出現了巨大的變化，漸漸開始有人關注社會上不公義的事。忽然間，社會為了一個被軍隊虐死的年輕士兵而憤怒；忽然間，我們驚覺政府正在以極低的代價販賣著我們的未來；忽然間，沒有任何政治經驗的醫師憑著一整個城市對現狀的不滿，可以顛覆牢不可破的黨國政權當上市長。

我不曾參與過社會運動的父母也北上參與了那場大遊行，人在國外的我興奮地問他們感想，我媽說：「你們年輕人真了不起，好像真的應該要出來改變一些事情。」

那些事情可能很骯髒，很醜陋，千瘡百孔，長久被我們視而不見而發出陳年的惡臭；但這的確是那些在陰影底下的人們每天必須與之奮鬥的生活。試著脫下自己嶄新的鞋子，把腳伸進他們的鞋子裡面；然後只要願意同理，繼續溝通，陪伴他們往前走，說不定能抵達更遠而更美好的地方。

環湖步道的燈開始亮起，隱藏在霧中，像許許多多好奇的眼睛；蕨類們在北部多濕氣的山區旺盛地生長著，捲捲的葉子招著手。離湖還有一段距離，我沒有走近，但我知道：燈亮起的地方，路一直都在那裡。

瘋人船

診室的門打開之前，裡頭坐著的精神科醫師，會是什麼樣的人呢？是敦厚的長者、心靈導師，或是用水晶球占卜的吉普賽人？有人認為精神科醫師是專門開藥的機械手臂，適合搭配中央空調、生產線、白晃晃的照明燈；也有人覺得精神科醫師是一個謹慎的罐頭，善於接納，適合封藏，每個聲音跌進裡面都有回聲。

在一般人的觀念裡，既然精神科醫師能夠如此輕易地診斷一個人「正不正常」，那想必自己就是正常人中的佼佼者。「正常」這樣的觀念大概像尺一樣直挺挺的，充滿了嚴厲的規訓與直角，安置在精神科醫師腦子裡的中央，時不時要拿出來審判，拿出來度量。

也因為這樣，一般人對於精神科醫師總是帶著複雜的感受。有人避之唯恐不及，深怕多靠近一步，就被精神科醫師嗅出自己身上極力隱瞞的癖性，憑空獲得幾項診斷，一枚血淋淋的「精神病人」標籤。但當然也有另一種相反的情況。「你看看我（或是我先生／太太／爸爸／媽媽／小孩）是不是有病啊？」當精神科醫師不在診室，而出現在日常生活周遭時，這樣的問句也常隨之而來。這些關於「正不正常」問句對於自己，大多是希望聽到「這很正常啦」的答案，彷彿是一種教堂密室裡告解之後的寬恕；而當這樣的問題涉及旁人，除了部分的人士真的關心對方想知道答案以外，其餘略帶戲謔的問法，多半是想要獲得「嗯這可能有問題喔」的認證。有病的是他人，而自己站在病態的範圍之外，彷彿就這樣被豁免了，又好像隱約也獲得了往線裡面丟石頭的特權。

但對於精神醫學來說，其實並沒有外界想像中那麼執著於認定「正常」與否。醫師並不是法官，醫學不適宜給予好或壞的評斷。作為醫學的一環，比起判斷個案正不正常，精神科醫師更在意的反而是個案是因為什麼樣的原因前來就診、或是在生命裡遭遇了什麼樣的困擾，這些困擾是否能在醫學中獲得安頓之處。困擾可能來自於個案本身，來自身旁扭曲的關係，甚至來自整個社會；然而坐在診間裡很難改變社會或家庭，單獨針對個案而生的處置常成為現實上不得不的權宜。但應該做到的，或許是比診斷、比給藥，甚至比教科書上羅列的來得還多更多。

診斷經常成為標籤，那些被弄髒的標籤也連帶沾上汙名。在老年代裡，精神科診間常窩居在醫院的一角，或是成為綜合醫院邊緣的一棟獨棟建築。除了現實上空間使用的考量之外，設計者會不會一方面避免旁人好奇窺視的目光不經意對他們造成傷害，但另一方面其實也擔心他們偶爾失序的行為，打擾了靜穆的醫學聖堂呢？

於是那些「病」，那些難以被理解的「瘋狂」，就這樣用一種安靜的方式，被收納在小小的一方空間裡。

想起準備專科醫師考試的那段時間，曾前往不同醫院或觀摩或領受前輩指導。初春的北部常飄著細雨，那些封藏著「精神疾病」、遺世獨立的建築，在風雨中竟像是一艘飄搖的船了。那艘船載著比建築物本身龐大太多的精神疾病隱喻，又會開往哪裡呢？

醫療化後的「精神疾病診斷」像是某些不安定的化學藥品，僅適合存放在診間那扇隔音良好的門後方，而不該在法律、教育、甚至職場上被過度使用，當作區隔人們的標籤。

畢竟醫學是一項對應著人類受苦而生的學門啊。原本在醫療場域內僅作為溝通分類之用的診斷，在醫院以外的地方出現時，很容易就變質成為武器。因此精神科醫師有所謂的「高華德守則」（Goldwater rule），限制只能在親自診察個案後，才能使用正式的診斷名稱，以避免針對公眾人物濫發議論（但對公眾分享整體性的精神健康知識則不受此限）。畢竟診斷是話語，話語有鋒利的部分，會讓人流血，長出翅膀後也會有不受控制的飛行軌跡。精神科醫師偶爾離開醫院、走入社區時，不免想著：究竟我將精神疾病的知識帶出去，對受苦者是一種解放與救贖，或是加速散播汙名呢？

診間的燈號熄滅了，下班的精神科醫師脫下白袍，診間外，最後一號患者拿著藥單正要離去，錯身而過時看起來並沒什麼不同，一樣的疲憊與匆匆。卸下醫學術語的武裝以後，精神科醫師也能夠還原自己的困擾與脾氣。

根據國外的研究，醫師的自殺率較常人來得高，而其中精神科又高於大多數的科別。原來精神科醫師的精神並不特別健康（正如許多在診間諄諄衛教良好生活習慣的醫師，其實本身都過勞而且缺乏運動一樣），甚至可能自己也潛藏著某些精神疾患而不為他人知曉；精神科醫師熟悉用科學支撐起來的知識，但知識並不能解除痛苦，知識只是讓我們有機會能更加接近。

這是一個風雨飄搖的世間，不管是精神科醫師或是病人，在某個罕見的時刻，在自己扮演的角色裡竟然能碰巧相遇，甚至療癒彼此。籠罩在霧雨裡面的醫院建築被模糊了輪廓，略去了大部分細節，但醫院外，營業的食街正毫不在意地亮起了五顏六色的燈，準備迎接一整個夜晚。這個世界像極了一艘巨大的瘋人船（Stultifera navis），飄蕩在水溶溶的雨裡，而我們正好都身在其中。

《瘋人船》（*Stultifera navis*），塞巴斯提安・布韓特（Sebastian Brant）的作品，轉引自傅柯（Michel Foucault）。

漫步在診斷的森林

進入精神科住院醫師訓練以後，學的第一件基本功就是為精神症狀編碼（coding）。眼前之人的一言一行一喜一怒，皆被歸類於幾個主要的觀察架構底下：或情感，或行為，或思考，或知覺，再用醫學詞彙加以命名。Déjà vu、Jamais vu、catalepsy、perseveration，第一次見到那些描述症狀用的異國詞彙，像是雨林裡某些稀有的熱帶鳥類，我們隔著距離仔細觀察，並偶爾撿拾飄落地上的華麗羽毛。

醫學的進展會不會也像生物學的命名體系呢？疾病的臨床表現與百年前教科書寫的並無太多不同，但隨著遺傳學、病因學的研究，醫學開始能用各種不同的特性去定義疾病。從細節處再發掘細節，物種被拆解成許多工筆描繪的細部特徵，諸多特徵再指向命名的地圖上特定的位置，如林奈（Carl Linnaeus）的命名法，錨定在某一微小特徵的不同、無限多的分支勾勒出一幅龐大的譜系。我們沒辦法用神的全能視角完整描繪一種疾病的全貌，只能用繁雜的細節去捕捉、去無限逼近它的各種姿態，只為了能夠為疾病命名。

世界上還沒有其他生物能發展出像人類一樣複雜的語言體系。語言讓人能夠溝通，知識與資訊得以傳遞，讓智慧累積，終究慢慢發展出文明。語言是人類的火，在黑暗中誕生光，我們因為光的照耀而得以辨認世界，草木的影子從此自黑暗的背景裡被分離出來，有了自己的名字。

或許人有為萬事萬物命名的天性，命名是溝通的開始，也是認識的起點。有研究者認為使用的語言會決定我們對這世界的認知。那些命名，建構在我們對於各種細節的區分，每個名詞皆是把某項事物從混沌中獨立出來。愛斯基摩人對於白色、對於雪、對於海豹皮與皮下的油脂，所能夠動用的字彙可能比我們豐富得多；亞馬遜叢林的原住民部落用來描述一株植物或一種昆蟲翅膀上花紋的形容詞，恐怕超乎我們形容一支iPhone手機或是一個柏金包的全部詞彙。

是先有名字還是先有分類呢？華文的親族詞彙繁多，叔伯姨嬸姑舅堂表各有不同指涉，但在英文裡就用簡單的uncle、aunt、cousin幾個字來統稱；或許西方人多生活獨立，故幾年一次的婚喪禮遠房親戚聚首時，簡略稱呼即可，但華人社會需要創造那麼多的名詞去捕捉意義，以滿足社會定位家族關係裡親疏遠近的需求。

嬰兒的命名或許是許多人一生中第一件社會性的儀式，在許多不同的文化裡都是如此，我們甚至認為名字的筆劃部首，能鑲嵌進命運裡而影響吉凶。終於擁有自己的名字，代表開始與母親分開，從此是獨一無二的存在。命名是一種創造，一種誕生，有命名權力的一方，在語言裡幾乎是神。

但有了名字，也意味著我們再也無法回到那一片混沌的時代了。那時世界尚未被命名，沒有名字的框限，草木得以自在生長，萬物是一片豐饒的森林。然後分類帶來了命名，命名也像是一種馴服，名字確立界限，像是宣告所有人：你有了名字但同時名字也擁有了你，從此「你」不再是和你類似的「他們」之一，再也不能轉身回到群體的背景裡。你就是你。因為命名，而有了分別，而有了意義。

／

所以醫學上的各種診斷，也是一種命名嗎？

疾病的命名是進化的，隨著我們認識愈多，命名系統就愈顯複雜。或許現代醫學的發展，與日漸繁複的分類命名脫離不了關係。我們創造了疾病的名字，賦予它們意義與內涵，最終疾病走得愈來愈遠，走向創生之初未曾想過的地方去。我們是疾病的造物主嗎？

醫學生時代念過的肺癌，只簡單根據病理組織型態分型，每種癌症再依照腫瘤大小、淋巴結轉移程度、是否遠端轉移作為疾病嚴重程度的區分；然而現在的肺癌的分類系統又加上了各種基因檢測，以預測藥物的療效。這是個人化醫療或精準醫療的夢想：透過無限精細的分類，讓每個疾病都在命名的網絡裡擁有自己的定位，而找到最適合的治療。最終，每個人身上的病也都和自己一樣，擁有獨一無二的名字與個性。

但精神醫學的診斷系統是動態的，可以逐漸擴編，也可能慢慢緊縮。先前定義的疾病可能不再被視為疾病（諸如同性戀、跨性別），現在未被注意到的現象，也有可能在未來被列入診斷（如因應網路、手機興起後的各種行為成癮）。

這也是最為旁人所擔憂的：會不會我與常人的不同之處，在精神醫學的視野底下都會被定義為可能的疾病呢？

大體來說，精神醫學所期望的，和其他醫學專科出發點並無不同，都是根源於生命中的受苦；若僅是單純與多數大眾不一樣，並不會直接就被診斷為疾病。這也是為何專科醫師口試時，非常重視來診主訴的前因後果，即使症狀完美符合書上的診斷準則，若是不能清楚地了解眼前的個案是因為什麼難處前來就診，大概還是無法通過考試。

在所謂「正常」與疾病之間通常都沒有一條明顯的交界，那是一條綿延的長路，每個人都在其中，有各自能欣賞的風景，也可能承受著別人無法看到的困難。或許沒有完美的「正常」人吧，嘗試去定義何謂正常這件事本身就相當可疑。教科書或許可以告訴我們診斷，但無法代替每個人自己回答生命「是不是過得好」這樣的問題。

診斷是標籤紙，是地圖上用紅筆標註的記號，每個人都是形狀不一的島，按圖索驥，讓我們在能夠相互對話的標準上，快速地定位島的地點與輪廓。但島上會不會有草原，或是一整座茂密的森林呢？居住著怎麼樣的人種，有什麼樣的慶典或市集？他們也會戀愛嗎？春天的草原上，會不會盛開著野花？這些是超越地圖的範圍以外的事，在地圖薄薄的一張紙上並不會被記載，但不表示它們就不存在。

或許我們都需要一些標籤，在茫茫的人海中將自己定錨。農曆年前去廟裡拜拜，一張印有十二生肖的黃紙上寫著，太歲當頭坐，無災恐有禍。每人分配到十二生肖四種血型十二種星座，通勤時聽禮拜一早上的廣播，在講著每週星座運勢。水瓶座，幸運色白色，工作上會有意想不到的進展，但慎防爛桃花。我們心甘情願（或不情願）地被分類到那些陌生人的隊伍裡，有人選擇星座，有人選擇診斷，希望那些標籤能解釋生活中過於複雜的問題。

名字與分類可以告訴我們許多資訊，但沒辦法告訴我們所有的事。根據命名，我們知道花，知道季節與陽光，但也有比名字還更廣闊的世界。我們該如何形容春天快要來臨的時候，風吹在臉上、或陽光落在皮膚上的感覺呢？或是一隻飛過的藍鵲，在林間灑落的陽光中一閃而逝？彷彿漫步在森林裡，我們或許可以辨認出每一棵樹木、描述土壤質地、等高線、氣溫與雨量，但全部的名詞加起來也不會是一整座森林所能提供給我們的所有感受。

這已經超出了文字的領地，回到那文字尚未出現、原始而無法分類的世界裡，充滿著感官才能捕捉的資訊。感官很難標註也無法被命名，名字以外還有更多可能性，只有走進去才能夠體會，那是因為我們漫步在其中。

病至安靜無聲

精神疾病或許是最安靜的病了。

從未去過精神科的醫學生們結束了兩週的病房實習後，回饋單上常會寫著：「急性病房好安靜，和我想像的很不一樣。」是的，除了少數的激躁暴力或自傷以外，大部分的時間，精神科病房內都是安靜的，彷彿有一種無法明說的秩序支配著這整個空間。

但或許住在病房裡的人並不一定覺得安靜是好的。安靜從各個角度滲透到他們的生活裡，那樣的安靜，霸道得像是一種噪音。

除了嚴重憂鬱症個案可能缺乏與人說話的動機以外，思覺失調症的負性症狀裡頭，也包括了話語貧乏（alogia）一項。不動，不說話，活著植物般的日子，一天一天像是葉片往下掉。時常看到他們在椅上坐著，盯著大廳裡的電視，眼神卻聚焦在更遠的地方；像是什麼都看到了，又彷彿什麼都沒看。飯後排隊領藥，吃藥，唯有從電視裡傳出的、來自病房以外的連續劇的聲音，持續迴盪在大廳裡，而病人持續無聲。

或許除了安靜的病房以外，精神疾病本身亦是一種無聲的病吧。被安上「精神病人」的標籤以後，許多人說出的話就被當作「胡言亂語」，尚未進入旁人耳中，就被掃入名為精神症狀的垃圾桶裡。有些人乾脆就閉上嘴了，不說話，不說話就不會動輒得咎，也不會領到劑量加倍的藥物。

在家裡他們必須更加安靜。畢竟許多人每次與家人口角時只要稍有激動，便被當作「沒吃藥，病情發作了」而送至醫院，連警消也很難站在他們那邊。一旦有了診斷，他們說出的話就不再是話語，而是症狀的一環，被排除在理解的可能性之外。他們努力發聲，但在社會裡他們得到的往往只能是沉默，沉默是意義的喪失：那是語言的意義，乃至於存在的意義。

沉默是一片汪洋，他們在無邊的海裡，幾乎就要滅頂。

我偶爾有機會和他們聊上幾句。不是診斷性會談，不屬於諮商，也未涉及治療計畫的評估，只是單純的好奇；像兩個碰巧遇見的鄰人一樣聊聊天，想知道對方過的是怎麼樣的生活，最近遇到什麼困擾。即使那些煩惱不存在於現實世界中，也不必急著糾正；不妨把對或錯的價值判斷先放在一邊，像一個初來異國的旅人，被帶領著認識新的土地。那是我們所難以理解，但他們每天生活在其中的國度。

但時間卻顯得永遠不夠。接近傍晚，門外剛好無人候診的時刻，我會盡量給他們時間，十五分鐘，半個小時，他們認真地講，我專注地聽，偶爾才發問一兩句；在那個世界裡，他們是最老練的領路人。但他們的世界還是太遼闊了，語言的道路又太過曲折，難以在短短的時間裡面走到深處。

單純的聽與說之間，建立了最初的診斷概念，也開啟了日後的治療。一七九三年，法國醫師皮內爾（Philippe Pinel）進入到一家名為Bicêtre Hospital的療養院內，用他的「道德療法」（moral therapy）嘗試去治療那些原本被鐵鍊鎖住的精神病人。他的療法——包括觀察、記錄、談話——現在看來像是用一種蒙昧的眼光開啟一個未知的世界。這樣的精神延續到後來克雷佩林（Emil Kraepelin）的精神疾病分類體系，以及佛洛伊德鼎鼎大名的精神分析。

那樣試圖用語言去理解另一個心靈的質樸嘗試，奠定了精神醫學的基礎。即使治療效果有限，我仍被這樣古老的德行給吸引著；像是實習時學到的直接式眼底鏡，或全套完整的理學檢查一般，像逐漸被效率的時代給遺忘的手工藝，帶著一種黃昏的蒼涼。

而我也曾經遇過那種在診間不說話的個案，大多是青少年，對我來說是比滔滔不絕無法打斷的人更為棘手的狀況。那樣的安靜通常是出於自我意識所選擇的。沉默的底下暗潮洶湧，可能有委屈、有憤怒、有說不出口的主張；沉默像是石頭，無論是對自己或是旁人，拋出石頭可以作為一種武器，在看似安全的無聲裡也能暗藏著攻擊。

有時候對抗這樣的安靜時刻，需要的不是在空白處填補更多的語言，而可能是語言以外的東西，甚至是安靜本身。那是我在治療過程中，同時也在學習摸索的：如何放掉防衛，潛入沉默裡感受他們所感受到的絕望。一點等待，一點關心，或是再加一點其他什麼、甚至是我自己也無法明說的，不斷叩問。那樣的排列組合就像密碼，一次一次地試，大部分的門固執地維持原狀，但其中有一扇門在某一天忽然打開，然後語言與時間，終於才開始流動了起來。

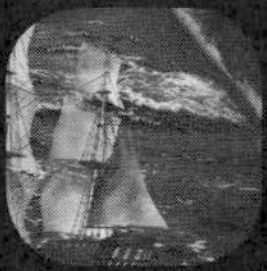

2

時間是沒有解藥的

時間的雨，落在

世界的邊緣

一座安靜的療養院

當自己也走過這一段

每年的四月中以後，全台灣精神科訓練醫院裡的第四年住院醫師就會被分為兩類：一類是有通過專科考試的，一類是沒通過的。

過的人在陽光下接受道賀，沒過的人在角落裡孵著傷，質疑自己是不是哪裡不夠好。即使分類有其必要，但如此決絕的二分法還是不免令人難堪。某些更細緻的，充滿個人特質、散發著幽微光輝的事物，全被一筆勾銷在過與不過的印記底下。

精神科專科醫師考試，據說是全台灣最困難的專科考試之一。考試分為筆試與口試，其他專科的醫師們或多或少都有耳聞精神科專科口試的特別之處——不同於大部分的專科都是自己準備病例報告，考官再詰問相關知識；除了專科知識以外，精神科的口試更像一場充滿突發狀況的表演。現場有三位考官，其中一位考官會帶個案進來，讓試場內早已緊張到手心出汗的考生進行四十分鐘的診斷性會談。考試個案並非近年來醫學教育常採用的「標準化病人」（經過訓練的志願者扮演病人，背好固定的劇本，在考場內依腳本內容演出），而是從病房或門診徵詢有意願的個案，帶著自己真實的故事與症狀，進到診間。而你有四十分鐘的時間與他進行診斷性會談，認識面前的這個陌生人，然後在會談之後的十分鐘，梳理出他的故事。

會過的原因只有一種，就是在這四十分鐘裡說服三位考官，你是個能讓他們放心託付個案的醫師；但沒過的原因就五花八門了。考生們都聽過這樣的傳說：個案戴著一頂帽子走進來，太緊張的考生從頭到尾沒問個案為什麼戴帽子，就被當掉了；症狀澄清得不夠完整，被當；執意澄清症狀卻忽略個案反覆提到的話題，當；太多時間閒聊而來不及蒐集資訊，當；同理不足，也是被當。

太多前輩慘烈的故事流傳在考生之間耳語相傳的神話裡，考官幾乎像是脾氣陰晴難測的神明；在過與不過的紅塵裡打滾的考生們，只能在考前四處尋訪大廟，盼大神不吝開金口給支靈籤，指點一二明路。考生之間也私下流傳一些祕笈，多是考過的學長姊留下的；會談該怎麼開始，如何轉折，不同門派似乎也都各有套路。但這些套路往往上了考場就不靈光了，畢竟從來沒有一種固定的公式，能夠套用在每個獨一無二的生命裡。到最後能救自己的，還是過去四年裡面在診間或病房內累積的臨床經驗：那些個案真實受苦的生命，教我們的事。

在慢性病房值班，有些長期相處的個案很清楚精神科醫師的訓練制度，每年考試季節將近，就會開始關心住院醫師何時考試，準備得怎樣，甚至自告奮勇地讓住院醫師練習會談。即使是成為專科醫師的今天，我仍對個案的心理經驗感到好奇：漫長的病程裡，他們多已明白那些不存在的聲音、有人要跟蹤自己的想法，都是精神症狀之一，但這麼多年以來，每當問起仍堅信不疑。小小的會談室裡，個案描述著讓他痛苦的症狀，也談著出院以後的夢想；對他們來說，這些都是構成經驗世界的一部分，無論喜歡或不喜歡，也不分現實與虛妄。

知道我考試通過了，陪我練習的個案們由衷為我高興。四年的住院醫師生涯到此即將結束，但他們還會繼續留在這裡。他們之中有些人從我剛成為住院醫師時就已在此，多年反覆住院出院，他們才是病房的主體，看著一屆一屆的住院醫師進來，完成訓練，又目送他們通過考試後離開。

考前與其他同樣煎熬的考生閒聊，為什麼我們科的口試這麼難呢？眾說紛紜，有人說因為精神科訓練要求嚴謹，有人認為準備考試的過程有助提升臨床功力，甚至有人覺得這是壓力測試，看有沒有什麼隱藏的精神疾病會在壓力底下爆發出來。但我偷偷覺得，或許還有另一種層面的意義，是要我們在成為專科醫師之前，自己親身走過這一小段困頓的時光。

專科口試的可怕之處不在難，在不確定性高。即使再怎麼優秀的住院醫師，也沒有人敢保證自己能一次就通過考試。對許多從小就是考場常勝軍的醫師來講，精神科專科口試和以往的所有考試都不一樣：沒有教科書，沒有考古題，也沒有背起來就一定得分的重點整理；缺乏標準答案，範圍無限，可以是任何一個可能的人生。若是沒有考過，很多人就只能離開目前的工作，生涯規劃全盤亂了套。對未來強烈的不確定感籠罩著每個考生，許多人飽受失眠之苦，甚至有人出現明顯的焦慮、憂鬱症狀。

但這樣的混亂無常，不正是人生的常態嗎？如同學長姊安慰我們的，絕大多數的考生到最後終究會通過這場考試，差別只是在於第幾次考過而已。與人生中許多意外比起來，專科考試失利根本不算什麼。考過考試，又將回到計畫中的人生，但我們很多個案是過不去的；先前的人生走到這裡，就此被卡住了。準備過煎熬的專科醫師考試，或許在未來遇到因為種種原因走不下去的人，可以想起當年被卡住的自己；讓我們能夠慢一點，在困頓的時光裡，陪他走一小段。

目前的精神專科訓練制度改為在每年的十月與四月進行口試。

鑰匙

我終於取得了鑰匙。

鑰匙插入鎖孔，一轉一扭，咔的一聲旋開門栓；這是進出精神科病房的唯一權柄，一把在樓下鎖店花三十元、一分鐘就能打好的鑰匙，必須把整個病房的病人都倒背如流，通過護理長考試才有資格取得。由於住院個案情況特殊，不像醫院其他門禁大多只需員工證就能暢行無阻，精神科病房的鐵門鑰匙只有正式員工才能擁有，即使是來短期輪訓的醫師，每天進出病房時也都必須乖乖地請護佐大哥開門。

有了鑰匙，代表你將真正成為其中的一分子，從此能自由進出這個隔絕的空間；而在必要時，也能將這個世界打開或鎖上。鑰匙代表的是權力，但同時也是解放。

精神科病房安靜地蹲在這家醫學中心裡最不引人注目的角落，永遠大門深鎖。我們的病房不與其他病房相通，甚至有一座自己專屬的電梯；似乎在這裡，時間有不同的流向，這裡頭發生的許多事，也都盡量地在同理中被原諒。

見習醫師時期就曾經進過這間病房。病房有兩道鐵門，在見習開始之前，精神科總醫師就千萬叮嚀一定要整組人馬都到齊之後才能按電鈴，以免工作人員為了幫學生開門而疲於奔命。走入會客大廳，沉重的鐵門在身後砰的關上，理性思維所建構的世界也被隔絕在後方；會客大廳裡的幾張沙發、塑膠椅、檢查物品的長桌，都像有了各自的心思竊竊私語，只有光從病房那側透過門縫照進來，昏暗的光線裡彷彿藏著什麼理性無法穿透的陰影，在偷偷窺視著我們。

我們也在窺視他們。護理站與病房之間隔著大面的強化玻璃窗，方便住院醫師面對電腦打病歷時，抬頭就能觀察個案們的一舉一動。他像小孩般哭了；她跪在交誼廳中間，對著看不見的神明膜拜；他在病房內倒退行走，忽然停住，用哲學家的眼神朝護理站裡深深一瞥。

這些行為對住院醫師來說，各有各的精神病理學解釋。但我常常站在護理站的玻璃後，思考著裡面，也思考著外面。個案是會感激我們幫助他們脫離幻覺的隊伍？抑或是惱怒我們擅自入侵他們自給自足的世界呢？

例如躁症。雙極性情感疾患（俗稱躁鬱症）的個案亦是病房常見的案例之一。他們在躁期有著用不完的精力，源源不絕的創意與計畫渙漫四處，把自己活成一座噴泉。此時他們多是很難接受別人的想法的，旁人一點無心的建議可能看起來像嚴重的忤逆，在躁症的領地裡，他們是唯一的王。

曾經聽過資深醫師示範，面對躁症個案過度膨脹的自大妄想時的說話藝術：「我知道您有很多偉大的事情要做，但我們擔心您太累了，想請您在我們這裡靜養幾天。」以退為進，以守為攻；雙方都有台階可下，讓不知疲憊的躁症個案願意留在這個病房，好好休息治療。躁症發作時，睡眠需求減少，常半夜兩三點即醒來四處要找人串門子；只見他踩著拖鞋啪嗒啪嗒走在漆黑空曠的大廳，口中喃喃自語，手指比天指地地畫，好像把自己當作響板，指揮著黑暗裡一整個隱形的交響樂團。

精神科病房的森嚴密閉，不由得令人誤會鐵門之外是理性的人間，鐵門關住的是各種瘋狂想法的集中營。每到午休時間，交誼廳的電視上播著新聞，新聞裡的政治人物高分貝隔空叫囂，有人當街拿著水果刀砍殺路人；病友們出神地看一會兒，然後又低下頭，安靜地扒兩口飯。有見習醫師在最後一天的座談會上有感而發：這裡比我想像中的安靜耶，我還以為急性病房裡會充滿混亂與暴力。或許鐵門的存在不是防止他們外出擾亂這個世界，而是讓這個粗暴的世界不至於輕易地傷害到他們。

鐵門裡的日子是安靜的，是結構化的，似乎也有鐵門將時間區隔得一段一段；這一小時是護理團體，另一小時是職能治療，兩個小時之間有五分鐘可以拿護理站裡冰箱的飲料。七點起床，十二點午飯六點晚餐，中間穿插著各類活動，日子排著隊，在入院出院之間過去了。

值班隔日，下班時間已屆，我拾起桌面上散落著的筆、醫師章與手機，背起背包離開護理站。站在鐵門之前，從口袋裡掏出鑰匙；那串鑰匙與識別證綁在一起，有大門的、護理站的、會談室的——甚至也有我自己寢室的鑰匙，一撈就是一串清脆的金屬碰撞聲。回到寢室又是獨自一人，關起門來脫下白袍，我也有屬於自己的煩惱與祕密，在不為人知的角落，囚禁著自己小小的病人。每次掏出這串鑰匙都意味著我又即將旋開某一扇特定的門，進入或離開一個密閉的空間；然後轉身，關上門，再反方向轉動鑰匙，把別人或自己，鎖在裡面。

成為靜物

在我擔任總醫師的時候，每隔幾個禮拜，都必須為新來輪訓的醫學生或他科前來精神科代訓的醫師們做急性病房的介紹。從大家集合的會議室開始，我會帶他們走過護理站、職能治療教室、病房區吃飯看電視的大廳，以及有著氧氣閥口與獨立衛浴的單獨病室；病房導覽的最後一站，是帶領他們穿過上鎖鐵門後方的甬道，走向病房區以外的約束床、保護室，以及進行電痙攣治療（electro-convulsive therapy, ECT）的治療室。

走在前面，即使不用回頭，也能感覺到背後傳來的眼神與氣息與剛才完全不同。呼吸加速、目光炙熱。彷彿到了此地，才真正進入了精神科最隱密、最不為人知的核心；那些電影裡的地窖、療養院拘禁病人的密室，即將要目睹人性泯滅之處，醫療在此淪為酷刑與規訓。

那也難怪稍後他們看到可稱得上寬敞明亮的保護室時，在好奇以外，或許也曾不小心流露出淡淡的失望。

在醫學的各個專科領域裡面，精神科大概是最常被外界以獵奇的眼光觀看的。或許是精神醫學內部以保守個案的祕密聞名，且相較於內外婦兒科，一般人也少有接觸精神科住院診療的經驗，對精神醫療的概念多源於大眾媒體。畢竟瘋狂自有其戲劇張力，在影劇中，精神醫學常常是站在瘋狂的對立面，安於本分地扮演著極權壓迫者，或是懷抱善意卻愚蠢的專家形象。或許這也不能全然責怪大眾媒體，畢竟小房間與繩索、針劑或是電流，聽起來都太像是酷刑場景，很容易就勾起了一整代人的創傷經驗，彷彿回到了慘白的威權年代，醫師成為特務，治療當作刑求。

但在臨床實務裡，約束與隔離的使用都沒辦法如外界想的那麼隨心所欲。約束是限制一個人的人身自由最極端的方法，醫學上有一定的適應症與禁忌症；約束與隔離不能單純用作懲罰或是恫嚇，而是必須在其他嘗試皆無效時，當作防止自傷傷人的最後一線手段。

病房內每年都要進行防暴力演練，每一梯新來的輪訓醫師也都會參觀過約束床與保護室。有時，我會親身做示範，請其他的住院醫師用約束帶將我綁在床上。那是一種奇怪的體驗。綁在手腕上的約束帶其實並不緊，在肢端會留有約一指幅的空隙以防影響血液循環；但在無法大幅度移動身體的狀況下，那樣的空隙反而帶來一種絕望。你有一指幅的自由，但當你抵抗，拘束只會愈來愈緊。在示範時，我常會大力掙扎幾下以確保約束帶是穩固的；但約束帶像一雙固執的手，掙扎會讓那雙手獲得更多力量，最終牢牢地鉗住手腕，咬進肉裡（當然在實際應用的狀況下，此時醫護人員就得要頻繁進來鬆開約束帶，以疏通被約束者的肢端血液循環）。面對約束帶最好的方式是全身放鬆，約束帶也會維持原本一指幅的空間而不再進逼；權力與瘋狂隔著一個指幅彼此瞪視，那樣的空間並不是真正的自由，反而更像對現實輸誠，或一種妥協的距離。

幾年後，病房購買了直接固定在床上的磁扣式約束帶，過去必須打出雙套結與單結才能縛住人體的簡易約束帶從此被收進櫃子裡，像那些被淘汰的醫療器材，安靜地成為歷史的一部分。新的磁扣式約束帶不再會因掙扎而緊縛，不再需要在兵荒馬亂的現場快速綁出繩結，堅固的約束帶更像是床的附屬物；人躺下，磁扣鎖上，安全而有效率，不需要多餘的掙扎，人彷彿被吸附而成為床的一部分。

在國外精神科病房工作過的朋友說，也有機構嘗試沒有約束隔離的病房管理制度；但其代價則是增加藥物的使用，以及讓個案與工作人員的危險上升。若干年前歐美就曾倡議過要完全捨棄這些限制人身自由的方法，但大多數的時候，理想在臨床的現實裡屢遭挫敗。到底對個案來說怎麼樣是好，又怎麼樣是壞呢？這彷彿是一種交換：自由與責任，限制與安全，在不同文化價值觀的天秤裡，這些理想都各自承擔著不同的重量。

有時我帶學生來到保護室外的治療區，會從抽屜裡翻出被淘汰的約束帶，講述約束的演變與源流。把那條白色泛黃的尼龍扁帶握在手上，即使已經被淘汰不用，手心仍忠實地傳來它的質地與韌性。攀岩需要繩索，綑綁需要繩索，繩索本身就同時具備著保護與禁制的雙重隱喻。我想起那些急性病房值班的夜晚，在手忙腳亂壓制激躁個案的同時還必須一邊抽出空檔，在約束床上快速又確實地打出一個又一個繩結；腎上腺素還停留在體內，肌肉因在適才的衝突中快速迸發力量而緊繃著，剛打完結的指尖微微顫抖，汗從額際滴下，約束帶在自己的手上也留下了淺淺的痕跡。堅固的約束帶與繩結此時代表的是安全，也是保護。

但約束帶也有著自身的重量，那是能禁制一個人的權力。權力在引誘我們去掌握它，擁有它，甚至在任何一個違背我們意願的病人身上任意地使用它。幸好在精神醫學最初的訓練裡，就是要能夠辨認個案的移情（transference），與覺察自身對個案的反移情（counter-transference）。醫學同時也在約束帶的使用上施加使用時機的禁制，一道自己施加的銅鎖，鎖的重量約略等於專業的尊嚴。這樣的覺察與禁制讓精神醫學至少還停留在醫學的領域裡，而不至於成為獨裁的暴君；但實務上真的能完美地做到嗎？在預防自傷傷人風險的同時，會不會約束行為本身就已經帶來各種層面上的創傷？

講解告一段落，學生眼裡透露出複雜的神情，不知是失望，懵懂，還是若有所思。或許他們會帶著這樣的疑惑離開精神科，並且再也不會回到這扇鐵門的後方；又或許在可見的未來裡，他們還是會希望精神科的保護室與約束床能拓展到醫院的每個角落，監禁跟限制一切臨床上造成干擾的瘋狂。

讓學生們離開以後，治療區又只剩下我一人。此時常規的治療已經結束，病房靜好，約束床上空著，留下半開的燈光與遠處跳早操的音樂聲，看不到一絲暴力或危險的痕跡；三間保護室也都已清掃完畢，地板拖過，放上床墊，像是密室，又像是庇護所。我將約束帶放回抽屜裡，關燈離開，把一切留在身後，讓它們還原成靜物。

病房

透過病房交誼廳的大片落地窗，可以看見遠處一整排山脈。第一層是低緩的丘陵，我想大概是在大溪一帶；再後面一層是高一點的小山，然後緊接著背後就是更高的綿延山勢，或許已是雪山山脈的一部分。然而在一年中天氣最晴朗的幾個日子裡，或許有機會看到在那些山的背後，隱隱約約有一座屏風般的稜線，出現在離天空最近的地方。

那是聖稜線嗎？稜線上那個雙肩寬闊的山頭，會是大霸尖山的背影嗎？

然而我從來沒有親身抵達過那條稜線。最多的日子，我只是坐在可以望見稜線的電腦前，開著一筆又一筆的醫囑，打一篇又一篇內容相似的病歷。

我不喜歡稱之為精神病院，以及隨之而來、隱含在其背後獵奇與監禁的想像。這裡是精神科慢性病房，雖然慢，但本質仍是病房，有入院有出院；這裡不是最後一站，多數人只是在此換車，休息，備妥份量足夠的糧食與水，準備轉運往下一個（希望是）更好的地方。

在慢性病房裡，面目相仿的今天咬著昨天的尾巴，一日複製著一日，一週循環一次。購物時間，卡拉ＯＫ，衛教團體；大部分的日子是重複，雖然夏宇說，重複可以使我幸福，但現實生活裡不一定如此。時間到了，餐車送來飯盒，飯後睡前音響裡一天播放四次刷牙歌，大家從房間走出來，集中在走廊上刷牙。時間在病房裡四平八穩地流過去，他們面無表情站在自己的門口，手上拿著沾滿泡沫的牙刷與漱口杯，偶爾我經過時有些人點點頭和我打招呼，那眼神驚人的篤定，像在岸邊佇立許久的釣客，是看過許多時間流過的眼神。

醫護人員一批輪過一批，人來了又去，他們之中的某些人則一直住在病房裡，像病友與工作人員共同的記憶，是病房靈魂的碎片。很多年以後，在慢性病房受訓過的醫師在醫學會裡相遇，偶爾會聊起當年照顧過的誰誰誰，現在還在住院嗎？有沒有好一點？啊另外那個我們都知道的某某，後來發現癌症，沒半年就走了。這樣啊……然後一陣沉默。有些人我們以為他們會一直在那裡，但病房裡和世界其他地方一樣，時間過得再怎麼慢畢竟還是會向前走的。

長期住院的個案生了重病，轉到加護病房去。幾次去探視，她的家人始終都沒有出現；加護病房的護理師說，倒是慢性病房不同的工作人員下班後分別來看過她好幾次。幾個禮拜過去，她還是無法脫離險境，原本為她留著的床位已有新的個案入住。後來輾轉聽到她終於慢慢穩定了，轉到內科的普通病房。

一日到內科病房看會診的時候，在走廊上被人叫住，回頭一看，竟是她坐在輪椅上被看護推著，身上掛著點滴與管路，勉強擠出笑容和我打招呼。她問起我們病房，問起偶爾和她吵架的老室友，然後問我有沒有可能再回去住呢？我不忍告訴她我的臨床判斷，僅安慰她努力做復健，盡量讓自己身體好起來。

回病房值班的時候，我找到她的老室友，轉達給她來自病房外的關心。病房內的她睜著圓圓的眼睛，似乎不解地繼續追問，她會回來嗎？她什麼時候會再回來這裡，跟

我們一起做早操？

住院是幸福還是不幸？那出院呢？病房裡的住民總是來來去去，每個人的住院都有著自己的原因；而那些留在病房裡、成為工作人員集體記憶的人，背後通常都有盤根錯節的故事。那些故事的根深深地扎在過往的生命裡，是英文病歷呈現不出來，交班時也沒辦法完整說清楚的，只有聽資深的主治醫師與社工討論時才隱約了解來龍去脈。那些故事可能是關於一個無力的家庭，被時間奪走青春的父母，以及離散各處的兄弟姊妹；又或許是另一種可能，關於酒、關於暴力、關於誰負疚，與誰的傷心離去。

提問者說，為什麼要逼他們住在醫院？難道不能讓他們回到社區，回到自己的家裡嗎？為什麼醫院要剝奪他們的自由，和與家人相處的時間？這樣的問題對某些人來說可以是目標，但對另一些人可能是一種奢侈。與很多人認知的不一樣，現今社會裡精神醫學的權力尚未大到能夠真正的永久監禁一個人，病房也不是最後的終點。和醫院中其他病房一樣，住院後總是要出院的，每一次的住院與出院都是一段漫長的跋涉。跋涉通常不是大山大水，而是發生在沒人看得到的角落、小小暗暗的會談室裡，在醫師、社工、家屬與個案之間，信心、承諾與失望之間；那短短的距離，從這一端到另一端，有些人卻已經走了好幾年。

或許我們該問的不是為什麼他們必須留在醫院，而是為什麼外面沒有其他地方能夠穩穩地接住他們？這不一定是誰的錯，更可能的狀況是大家都沒有錯，或許沒人有能力負起全部責任，但最少最少可以試著一起走過。

／

病房內有自己的課表，病房外的護理站也有另一個。每日輪三班，每個月的班表二十號更新，薪水五號入帳，重複也是工作人員的日常。住在病房樓上宿舍的護理師準時在自己的上班時間之前走下來，打卡，交班。一片透明的強化玻璃區隔開護理站的內外，有時他們拿著泡麵碗，伸手進來等著工作人員澆熱水，隔著玻璃兩邊的倒影重疊在一起，看不清楚究竟是誰的臉孔。

有沒有可能管理者與被管理者的界限不再分明，甚至消失？如同村上春樹《挪威的森林》中提到的，只有少許工作人員、而主要依靠住民自治的療養院，或許能成為一個理想。但沒有管理，如何監督？怎麼確保自由不會形成新的壓迫，成為另一個《動物農莊》？或許會成為下一個值得討論的問題。

如同一九六〇年代開始的去機構化（deinstitutionalization）運動之後，大型、長期的安置機構大幅減少，但那些離開的人其實不一定能如當初倡議者的理想，回到家人身邊，度過剩餘的人生。在街頭，在監獄，隱約可以看到他們之中某些人的影子，而更多的影子，就這樣默默地消失了。怎樣的人生才是好的？那樣的「好」又是誰定義的呢？他們很多人不太說話，蹲在角落，城市的人群從他們面前快步走過，趕往自己的生活；因為他們太安靜了，很少人願意停下來，好好聽他們的故事。

夜已經深了，剛處理完病房內跌倒的事故，我獨自一人在護理站的電腦前打著紀錄。面對漆黑的大廳，咔嗒咔嗒的鍵盤聲在空洞的病房內轟然作響，發出比想像中更巨大的聲音，彷彿神的嘆息。

我面前的這座病房，是安置機構？是方舟？是隔離著瘋狂的集中營，是牢籠，或是庇護所？或者這裡其實沒能承受那麼多複雜而沉重的想像，只是一家醫院裡的精神科慢性病房，依照規範與知識，在機械化日常的縫隙中，盡可能好好地對待遇到的每一個人。而病房也和世界上其他充滿人的地方一樣，會發生好事與壞事，有暴力，有幽微的權力結構，偶爾也會灑落人與人之間情感的光。

無論在病房裡扮演什麼樣的角色，我們最終都將在這裡老去，而老去的速度是一樣的。在這裡我們都獲得了某些東西，但同時也失去了另外一些。

或許只有時間是最公平的；在時間巨大的病房裡，我們都只能是被囚禁的病人。

被留下來的人

病房樓下的醫院大廳一角，擺著一處小攤車。人潮流過攤車，散成了兩股，一股在電梯前止步，另一股繼續往門診區的通道流去。偶爾有人在攤車前停了下來，掏錢買瓶飲料或零食等什物，也有人翻看一旁籃子裡的二手衣。掏錢的時候他們或許抬頭會看到攤車上有行小字寫著：復健商店。看見的人或許會疑惑，或許不會。畢竟這裡與地下街其他的賣店似乎沒有什麼不同。

我有時會在電梯間與他們擦身而過。他們都很準時，九點推車下樓，兩點四十回到樓上那個被稱為「日間病房」的空間。雖然名為病房，但「日間病房」更像是教室：

有上課，有下課，有中午的午餐時間，自由進出；當然也包含了同學相約外出買飯，與偶爾日常的口角爭執。病房的課程表成為另外一種日常。在門禁森嚴的機構式長期安置逐漸式微以後，晚上回家裡住、白天到醫院上課的日間照護，在健保制度下形成另一種型態的主流。

相較於快進快出的急性病房來講，日間病房的個案相對穩定，且甚少變動。但作為醫院與社區之間的過渡，日間病房注定成為一條路，一座橋；讓人通過自己到達某處，最多只是暫時在此坐下來喘口氣，歇歇腳。而無論往前或往後，總是要動身啟程的。在這裡，疾病的治療退居幕後，職能訓練成為主角；病房中工作訓練勝任愉快的同學會由個管師接手，轉介到外面真正的工作場所去。同學們來來去去，有些人就此離開病房成功進入職場，有些人遭遇挫敗又回到了日間；還有些人在出院以後舊疾復發，回到急性病房裡面從頭開始，也有那些因各種原因無法離開，而繼續被留在日間病房內的人。

日間病房也是職能治療師能夠揮灑專長的領域。我曾參觀過其他醫院的日間病房，依照硬體與師資的不同，發展出各自的風格：有些醫院占地廣闊，能在有陽光的土地上蒔花種菜，有些日間病房專攻烘焙各類糕點，也有的醫院藝術氣息濃厚，職能治療的作品都是繪畫與雕塑。

我還記得那間南部醫院裡位於高樓層的日間病房，在病房外開設了簡單的餐食吧檯。即使只是陽春克難的炒泡麵或是茶類飲料，對隔壁門診區久候的病人，甚至是病房內忙碌到錯過訂餐時段的醫護人員來說，都像一處高空中的綠洲。當時的我尚未確定進入精神科，僅是去輪訓一個月的一般科醫師。在開完醫囑、確定接下來暫時不會有事之後，我會偷溜到樓上的日間病房附設的簡餐區，享受十來分鐘的悠閒時光。

脫離了營利的壓力，這裡的步調比起一般的店家還要舒緩了許多。吧檯區內服務的店員亦是訓練中的日間病房學員，在職能治療師的協助之下，用自己的速度，努力做好內場與外場的工作。若是從醫療的角度去看，這樣的過程是一連串的動機、認知能力、社交技巧與執行功能；但我更常脫下白袍，讓自己回到一個單純顧客的角色，點一杯香蕉牛奶與現烤的巧克力厚片，在等待的時間裡面，讓十二月難得的陽光透過窗子，照在身上。

多年之後，我再次造訪這間位於高樓層的小小簡餐店。四年過去，我已經進入精神科內成為資深的住院醫師，點了熟悉的香蕉牛奶與厚片吐司。在吧檯實習的日間同學早就換了一輪，職能治療師卻還是相同面孔，只是比起上次看見更蒼老了一些，而我依然坐在多年前同一個位置，點了熟悉的餐點。個案畢竟是會持續進步的；醫療人員有人加入，有人離開，但留在這裡的大多是在職務上繼續操持著相同的專業，讓自己成為路也成為橋，想辦法送個案到一個比較好的地方去，一直到最後自己也離開。

或許對病房來說，我們才是那個被時間留下來的人。

現在的你，與未來的你

推算起來，八仙樂園爆炸的時候，我正在十幾公里外那家醫學中心的急診室裡看會診。爆炸前一秒鐘，世界還是照常運作著；我剛問完病人，坐在電腦前苦苦查閱著她的電子病歷，而舞台前方許多肢體隨著震耳的音樂舞動，你也在其中，空氣中強力燈光穿透五色煙塵，目眩神迷彷彿一整個青春的隱喻。

後來發生的事，全台灣都知道了，甚至上了外國媒體的頭條。

我沒辦法參與那個瞬間，因此只能想像火燒起來時你的驚慌、恐懼，以及深入骨髓的疼痛。我們的生命第一次產生連結是在那天晚上的急診室，我還不知道你的名字，你的代號是「災難４」，面對如此重大的災難時，每個人都只是一個數字。你被焦急的父母推進來，即使四肢有百分之十五面積的大範圍燒傷，也只能坐在輪椅上被擺在角落；因為整個急診室的病床都躺滿了全身百分之七十到八十燒傷的病人，在這群隨時都會有生命危險的人之中，你只能算輕傷。

我並非急重症科別的醫師，但初級處置與基本的包紮還沒忘光。我在亂哄哄的急診室穿梭，為你搶來一瓶生理食鹽水與幾袋燙傷紗布，小心攤開紗布，對摺，盡可能輕輕放在你的傷口上。你的短髮髮尾被火燒焦，落在肩頭那些失去活力的五彩粉塵之間；包紮時你顫抖著嘴唇說好痛，竟然還帶有一絲抱歉。這怎麼可能不痛？二度三度的燒傷，只要風吹過就會有如刀割，我看著燒紅起泡的傷口心想，你窄小的肩膀，怎麼扛得起這樣巨大的疼痛呢？

那個晚上的最後，我將你送至急診觀察區，開完最後一筆轉病房的醫囑之後，再一次走到你的床邊看你。你四肢包了紗布，在鎮定劑與嗎啡的作用下昏昏欲睡，但只要手腳一碰到床，就又會痛醒。我安慰你父母，就快了，忍耐點，就快要上病房了。

但是上病房之後呢？我心裡知道，漫長的路才正要開始。實習時去過燒燙傷加護病房，那裡每日要換藥兩次，將全身的紗布撕開換上新的藥膏；但這是康復必經的道路，即使踏出每一步都像是凌遲。後來我抽空去病房看你，你躺在病床上，父母陪在旁邊；我問你現在幾歲，你說大一，大一的暑假，才剛開始沒幾天。

如此漫長的暑假。你的話很少，但我在你的眼睛裡看到了害怕。這樣的傷會好嗎？會留下疤痕嗎？我之後要開多少次刀？會有人愛這樣醜陋的我嗎？

親愛的你，我知道你對未來有很多的擔心，因為在那個爆炸的瞬間，你就被彈離你原本人生的旅途好遠好遠。

容我從時光的彼端召喚未來的你。那是四十歲的你，她輕輕地推開病房的門走進來。你瞪大眼睛訝異地看著她，這時候的她已經嫁為人婦，拉張椅子坐在你的病床旁，捲起褲管讓你看她少女時所受的傷。你緊張地仔細看了，發現雖然還能看出被火灼傷的痕跡，但那個痕跡已經與旁邊的皮膚相安無事地融合在一起。她伸出手來，撫摸著你的臉頰，灼人的高溫已經退盡了，傳來好熟悉的溫度。她俯身看著病床上的你的眼睛，問你：「我會很醜嗎？」你搖搖頭，這並非出自於客套，而是你根本無法覺得眼前這位溫婉的女士可以與醜這個字搭上邊。她溫柔地微笑，和你說：「雖然已經是好久以前了，但我還記得躺在病床上的時候，心裡總擔心著未來的事。你現在的煩惱我都知道，但是未來沒有那麼恐怖。愛你的人不會因為你的傷而不愛你，那只是你生命裡無法規避的一部分，就像你的哭、你的笑、你的月經、你的成長，他會為了你而無條件地全盤接受，因為你就是你。」

再讓我從更遠的未來召喚八十歲的你。助行器的聲音由遠而近，她步履蹣跚地走近病床，將手中的助行器小心放好，找張椅子慢慢坐下。你看著她，全身的皮膚都在時間的催化之下變成皺紋，已經無所謂燒傷的痕跡了。她只是伸出手，摸著你的頭髮，什麼話都沒有說。什麼話也不必說了，你知道你會活得好好的，生命裡還有許多比起燒傷更重要的事。疤痕不會消失，但是那些生命中的愛也不會消失；燒傷只有一次，但愛會不斷累積，直到把傷撫平，再也看不出痕跡。

她們將手放在你的手上，你感覺透過繃帶，傳來的不是疼痛，而是柔軟、是溫度。你

萬物皆有裂縫

閉上眼睛，感覺這個溫度慢慢地散播開來，壓過那些疼痛，溫柔地浸潤著你的傷口；你彷彿能感覺到新生的細胞正在努力茁壯，你知道那樣的溫柔就是生命，也是力量。

那些不再出現的臉孔

有時我會想起那些臉孔。男性，女性。年輕的，頭髮花白的。時常大笑的，眉頭深鎖的。那些臉孔有些我曾在病房裡遇見過，彼時他們的身分是「住院病人」而我是醫師，我的工作就是把他們抽象的痛苦轉換成沒有溫度的醫學符號，再盡一切我所知的方法，去緩解他們入院時的症狀。

其中有幾個面孔曾經出現和我一起坐在會談室內。我有時會回想起那些時光，像是擦亮木門上舊式銅製的鎖頭。無論外面的世界是晴天還是下雨，小小的會談室裡總是亮著小小的燈，那些被傷害的被負棄的無法追悔的過去，在會談室裡被說了又說，每說一次像是把傷口撐開但也不一定會好。

有時我們盯著那個傷口逐漸腐爛生膿，膿也曾經是血是肉，傷口日復一日往更深處拓展自己的領地。但治療師卻比外科醫師還要無力。沒有抗生素，沒有引流管；外科醫師對抗的是目標明確的病灶，而治療師面對的是一位個案無可切割的自身。

但那些臉孔有一天忽然就不再出現了。

病房忙碌，送往迎來，一個臉孔在人群裡消失了並不會引發太大的關注。但當某日醫師們談起過往的個案，「咦，那個誰誰誰怎麼很久沒看到了？」這樣的疑惑像是在安靜的湖裡投入一顆石頭，漣漪逐漸擴大。終於有人忍不住起身，在電腦前輸入了資料，回診日期停留在半年以前。穩定追蹤的個案失去聯絡有各種可能，或許是搬家，換個地方看診，或是身體微恙住到其他醫院去了；但我們都無法不去想那種可能性：他在某個日子裡安靜地成為自殺統計的一個數字，或是社會版面上一小則新聞。

有時候病歷系統會殘酷而直接地告訴我們答案。可能是一些英文縮寫：OHCA（到院前心跳停止）、trauma blue（重大外傷）；也可能是幾個數據裡頭藏著故事：一氧化碳濃度26%、昏迷指數3，或是血紅素只剩5 gm/dL。而更多的時候，系統回應給我們的只是一片沉默：沒有原因，沒有理由，他的病歷紀錄在某個日期以後就再也沒有更新了。那樣果斷轉身的背影像是負氣離去，像是不告而別。絞盡腦汁回憶他們離開前最後一個側臉，是帶著怎麼樣的表情呢？

病房裡僅有數面之緣的個案已是如此，若是有著長期治療關係的個案，治療師自己的內心世界當然也會因此而感受到動搖。

治療師可能會回想他們之間的治療過程：從最初的生澀暖場，鼓勵與探索，接著或許會有一些分析、一些同理，甚至一些面質。會談室裡有擦過眼淚鼻涕的衛生紙，也有相視而笑的瞬間。剎那間我們彷彿覺得什麼阻礙被疏通了，幾乎以為能夠了解彼此了，但這一切僅僅只存在那個瞬間。然後不知道哪裡出了差錯，兩條鐵軌在哪一個小站分開了，在彼此都還沒察覺的時候，一個靈魂就此關上窗，從此不再打開了。

有些人把治療師視作無所不能的拯救者，但也有人抱持著隱約的恨意，認為治療師總是在治療中笨拙地造成二次傷害，或是冷血地從個案痛苦中營利、卻又無法帶來實質幫助的騙子之類。這些片面的認知都值得在治療室內共同討論；但出了治療室，治療師就只是個跟你我一樣的普通人——塞車會煩躁、陰雨時會憂鬱、工作累了一天後也會暴食，然後癱在沙發上滑手機。

治療師當然不是固定規格從工廠製造出來的，也不是由知識或數據所完美構成的機器。不是AI，不是Google，不是代替外科醫師探入腹腔開刀的達文西機械手臂。治療師和世界上大多數的人一樣，會犯錯，會漏接某些幽微的訊息，也常不按照個案希望的方式回應。治療師也知道，自己可以試著去猜測、去詮釋，但無法真正意義上的讀心；人的心不是一片光碟等著被塞進機器，用雷射精準地掃讀出其上蝕刻的暗號。與其追逐永不犯錯的完美身影，還不如及早認知到自己也是凡人，在錯誤中磕磕碰碰地摸索著前進。比起一個永遠走在前面、對你心裡每條暗巷都瞭若指掌的導遊，治療師更像是一個伴你同行的訪客：會誤解，會迷途，但至少抱著一顆好奇的心，和你一起重新踏足那些你習以為常的地景。

但這些從課本上抄下來的、乍聽之下煞有介事的說詞，在個案離世的消息面前，是如此不堪一擊的難堪。

「自殺」這樣簡單的兩個字，有時在醫護人員的溝通上會被特意轉譯為英語，「commit suicide」，彷彿輕描淡寫，意欲遮掩其情緒上強大的後座力；好像用了英文，就能遁入專業領域裡，在醫學詞彙的背後去閃躲、去逃避。有些人害怕法律糾紛，有些人因為完美的自尊心受到挫敗而快怒，或許也有些治療師在個案自殺後，感到在關係中被遺棄、甚至被背叛。或許此時每位治療師所不欲面對的陰影不再來自個案，而是映照出自己的內心。也因此治療師才需要同儕的督導：有時候他人的地獄，時間久了也會成為自己的。

我曾有位陪伴我將近兩年的個案，在她狀況穩定、而我轉換職務的機緣下終止了治療。治療結束後的頭幾個月，我仍不放心地去探問她的狀況：仍然好好壞壞，但看來最糟糕的狀況已經過去了。

在一年多之後的某日，負責聯繫病人住院的總醫師學弟告知我個案離世的消息。大概是聯絡時輾轉透過家人才知道的吧。他說，個案最終選擇在那個她不斷提到的海邊，頭也不回地往海的深處走去。

我向學弟道了謝，也順帶安慰了他幾句，但在他離開後，自己卻陷入了沉思。

我忍不住回想，在那段長達兩年的時光裡，個案是不是留下了什麼線索預示著她這次的離去，但我卻沒有抓住？如果我抓住了那條線，是不是能一點一點地施力，把她從冰冷的海水裡拉回來呢？我想起她在治療室內總是態度溫和、帶著有禮貌的微笑，彷彿有意識地扮演著一個「好病人」的角色，是不是我再多做一些什麼、多掌握一些技巧，就有可能改變她的命運？

但理智上知道這是不可能的。我們永遠都不夠好，永遠有更多的事需要學習，每個人都有自己的選擇與際遇，即使是治療師，亦無法完全改變一個人的人生。

個案已經轉身離開了，把治療室的門永遠關上；但往後的日子裡我仍不時會想起這位個案，想起她坐在治療室裡拘謹的樣子，她的困境與她的家庭。我也會試著想像深秋的海，浪幾萬年來不曾放棄擊打著沙灘，夜裡黑色的海上浮著浪的泡沫。我想像冷會逐漸包圍身體，麻痺了痛，又再麻痺其他感受，沒有恨也沒有害怕，最後水面終究會再次合起，只剩下淡淡的月光繼續照在海面上。

此時此地

人有時候活在過去，有時候活在未來，只有在某些很稀有的時刻，能夠活在現在。

我們腦海裡經常充滿對未來的計畫，手機裡通訊軟體總是忙碌地與人交換接下來要做的事，那些即將赴的約，可能會遇到的人。未來的一切瀰漫著光暈，金粉降下，充滿無限可能性，所有想像中的美好事物都在那裡，在未來，你有機會可以擁有你想要的那個人生。

又很多時候我們常會想起過去：過去遺憾的決定、那些最終沒有結果的愛、來不及道的歉。如果早點知道就好了，再更有勇氣就好了，如果當時再多做一點什麼的話，結局會不會不一樣？但當時的情境已經過去，那些「如果」從現在看來都像是歷史甬道兩旁被風化的石像，帶著凝固的表情冷冷嘲笑著我們曾經做過的決定，那些永遠失去血肉的可能性，再也無法回到屬於它們的時間裡。

但是「現在」呢？在大部分的時候，那些「現在」只不過是從過去通往未來的階梯，階梯的功用只是連結著此地與遠方，本身並沒有任何值得佇足的風景。我們踩著現在朝未來奔去，現在很快被拋在後頭，成為過去的一部分。

理論上最親近的現在，卻也離我們最遙遠。

／

遇見過一些受傷的人，生命被困在過去裡迷了路。那裡是時間的廢墟，可能性的掩埋場。在過去裡只有不斷重複受過的傷，追不回的場景，無法修復的懊悔。他們在恐懼裡入睡，尖叫中醒來，對於活在過去的人來說，每個現在都是已經發生過的事情無限輪迴。

也有另一些人朝著未來一路飛奔，拐了個彎才發現路已經到了盡頭，那裡除了一座空蕩蕩的石室以外什麼都沒有，有的只是手裡的蠟燭，以及被燭光投影在牆壁上、晃動的自己的影子。路途中所有忽略的美好都已被留在過去，前方再也沒有路，也沒有各種可能性；曾經看起來無窮美好的未來竟如此蒼白，如今只剩自己一人，手裡一截即將燒盡的蠟燭，以及身後緊緊跟隨的自己的影子。

我們都是如此。有時耽溺於過去，有時又過度憧憬未來，游移在兩者之間，短短的距離囚禁著我們的人生。但偶爾有人在徘徊中停了下來，他被路邊的一小撮紫色的野花吸引。他蹲下來仔細看，才發現路旁的草坪遍布著這種紫色的小花，是酢漿草的花。他以前從來沒有注意到酢漿草原來也會開花。那些小花並不搶眼，但點綴著綠色的草地，遠遠看過去像點點的繁星。人群從他身後川流不息的經過，沒有一個人停下來，也沒有人關心他究竟在看什麼。只有陽光灑落在草坪上，幾隻斑鳩悠哉地漫步，風吹過，他忽然想起，幾乎又快要到夏天了。

3 關於如何成為一個人

如生長在背光處，一株
向陽的樹

醫師作家

有時候覺得好像有兩個我，鏡像似的。一個是醫學中心裡的醫師，一個是穴居的寫作者。一個埋首於充滿數據的論文，一個傾向無法定量的散文與詩。一個在診間維持專業而理性，另一個則在文字之中放縱自己的情緒與奇想。

畢竟這是一個斜槓的時代。醫學系的隊伍裡面，每隔幾年總會冒出一些秀異的名字，寫出石破天驚的文字，無論中外的文學史也常有醫師廁身其間。但他們都願意被貼上「醫師作家」的標籤嗎？或許未必。

雖然醫師以其專業，在書寫疾病上有獨特的視角與後門（是一個需要執照作為通行證的窄門），但除了醫學生的那幾年以外，其實不一定有太多經驗得以共鳴。精神科醫師已經很難想像外科醫師在開刀房中的日子了，在醫學中心工作與當個診所醫師之間的生活型態亦差異頗大，更別提從大學入學之前就分科的牙醫了。對於牙醫，多數的醫師和一般人的視角沒什麼太大的不同，都是躺在治療椅上張開嘴巴，等著冰冷的器械伸進去搔牙齒的神經。

醫師作家的共通點只有醫師執照，當他們在書寫醫院以外的事的時候，「醫師」兩字所帶來的影響或許就更加隱微。毛姆、契訶夫、侯文詠與鯨向海不一定適合（也不一定願意）被放在「醫師作家」的標籤下被一起討論。畢竟醫師如同社會上的每個身分一樣，涵蓋的異質性也廣，那件白袍底下畢竟是活生生的血肉之軀，也會和多數人一樣有著不同的癖性。即使醫院仍是一個相對保守且父權的世界，下班後脫下白袍，換上屬於自己的裝束，同輩裡不乏也有社運醫師、同志醫師，有人兼職泰拳教練，也有人是健身部落客。醫學不再是人生中唯一的太陽，它可以只是一把手電筒，雖不大亮，但能讓遠方的事物變得更為清晰。

當然近幾年隨著網路自媒體的發達，拿鍵盤敲出文字不再是念文學院的專利，各行各業的任何一個人都可以寫作；其中不乏工人作家、律師作家，甚至是企業老闆型的作家，都努力地把現實鑿出一些洞，讓陽光照進牆的後面。不同職業的作家有著不同的視野，文字只是一扇雕花的窗，只要玻璃擦得夠乾淨，讀者更在意的搞不好是看出去的風景。或許這就是寫作最大的魔力吧。透過那些人們約定好意義的符號，我們能把自己所看到、所感受的世界，轉身傳達給另一群未曾得見的人。

所以這或許是身為醫療人員的寫作者們，在寫起醫療相關的主題時最得天獨厚的資產了。畢竟生老病死是每個人必經的課題，一般人很難找到除了家屬或病患本身以外其他的角色。但醫療人員可以。他們像是安裝在手術室無影燈中央的攝影機，居高臨下，冷靜而旁觀，讓那些鮮血四濺卻無人知曉的場景，得以被高畫質地記錄下來。

以醫師為視角的寫作天生就站在制高點，但這並不是唯一，只是眾多可能性的其中之一。這樣的場景裡當然也有其他醫療人員，有病患，有家屬，甚至還有看護；從他們的角度看出去的世界，通常是醫師的目光所未能觸及的。因此醫療場域的書寫需要更多人參與，參與的人多了，層次更豐富的理解或許就成為可能。

而更棘手的辯論在另一個層次：醫師有權將患者託付於己的受苦經驗，轉化為自身的文字嗎？即使絕大多數的醫師脫下白袍成為寫作者的時候，亦遵守著醫療場域帶過來的倫理規範，將病人可識別的資訊加以掩蓋、變造，甚至拼貼重組，但面對這樣哲學性的挑戰，往往還是不那麼踏實。畢竟患者走進診間是為了治病，並不是期待自己的受苦被記錄成文學作品啊。

從更廣的意義上來看，沒有疾病，醫療就不存在，醫學本身注定是一門負疚的學科，其全部的進展幾乎都奠基於病人的痛苦上。或許文學在某部分也有這樣的特性吧，也能汲取（自我或他人的）痛苦釀造為甘露；若談論自己的痛苦還好說，當觸及他人的痛苦時，有時也會招來類似的批評。若不是當事者，旁觀的人有權能夠描述／詮釋／轉化他人的痛苦嗎？這個問題或許無法給出明確的答案，但適合寫作者時時拿出來提醒自己。

然而另一方面來說，我們所感知的世界並非只有自己一人，絕大多數的經驗都需要他人參與其中，像一張街拍的照片，即使並未對焦，亦很難不包含到其他路人的身影。寫作者的素材多半源於自己的生命經驗，有人寫職場、寫家庭，有人寫整個時代，永遠都不是只有一個人能完成的故事；而一個從十八歲開始、將大半人生投注在醫學裡的醫師（跟多數職業比起來，無論是加班或是研讀新知，醫學仍大規模地滲透進醫師工作時間以外的人生），那已經成為生命裡難以分割的一部分，若是完全不去觸碰醫學這一塊，對有些人來說生命經驗就顯得破碎。因此，比起「寫什麼」或「什麼不能寫」，思考「怎麼寫」與「用什麼角度去寫」顯得更需要斟酌。

人有能力去感受別人的受苦，這樣的能力，後來成為同理心的根源。即使受苦的人不是自己，但如鏡面般在自身映照出的情緒仍然是真實的。我們能用自身的情緒去度測他人的經驗嗎？不一定要站在第一線，卻能帶著憤怒去書寫遠方的革命，或是因旁觀他人的悲劇而心生憐憫嗎？這樣的討論或許也能應用在醫學寫作上。雖然受苦本身我們無法參與，但情緒也是經驗之一，若聚焦於情緒本身，或許讓我們與世界盡可能地站在一起。

而要怎麼處理醫師與作者的兩個身分，每個人有自己的哲學。有人坦蕩地承認另一角色，而有人設下重重防火牆與煙霧彈，讓診間的自己與寫下的文字能隔出距離。對精神科醫師來說，這又是更深一層的考驗了。古老的精神分析理論認為治療者最好隱藏自己的面孔，像一面鏡子，冰冷而硬，客觀地反映診療室中發生的一切。但也有的心理治療流派覺得不一定要那麼嚴格地把自我隱藏起來，治療者偶爾透露出人的溫度，說不定有意想不到的效果。

話雖如此，在寫出這篇文章的當下，我仍未準備好在診間面對這個問題。畢竟醫師服膺於眾多規範，而作者總希望有最大的自由去突破限制；若兩者的形象有所落差，同時是讀者的患者又該如何看待自己呢？譬如一個工作上謹守倫理的醫師，能同時書寫情欲或背德的主題嗎？我欽佩那些勇於在大眾面前表明政治立場、私人生活，甚至性傾向的精神科醫師，雖然這樣開放的態度勢必會對醫病關係造成影響；但另一個層次上，他們在診間裡以自身為範，或許能成為一個契機：我們可能互相看不順眼，但依然能去學習如何好好地對待彼此。畢竟世界上永遠有和自己理念不同的群體，重要的是能理解到不同的價值觀之間，仍有機會找到對話的可能。

封城之日

首先請你閉上眼睛，在腦海裡想像著那些曾經聽過，甚至親身去過的城。巴塞隆納。倫敦。巴黎。水都威尼斯。以及更多未曾認識，密密麻麻散布在地圖上的城市。鏤花窗欄，地磚，紅屋瓦；老式汽車顛簸著駛過街角的書報攤，有著噴水池的圓環，遠處販賣鮮花與馬鈴薯的市集。

那些城如今靜悄悄的，市集收了，街上行人很少，不同程度的出行禁令像不祥的雲朵飄浮在城市的上空，投下隱約的影子在冷清的馬路上。而這樣巨大的轉變，僅僅是三個禮拜間的事。

安靜的城像現代文明的貝塚，在時間的風沙裡感傷著，毀壞著。就在三個月以前，幾乎沒有人想過，人類引以自豪的都市文明竟會脆弱到如此不堪一擊。

只是東岸的歲月目前仍然靜好，與疫病橫行的世界隔著兩個半小時的普悠瑪、或是一條蘇花一條雪隧的距離。下午兩點（有時候會延後到四點，那時心裡就湧起不妙的預感），坐在教室裡用手機看疾管署直播。確診、死亡、居家檢疫，數字一日一日往上跳。瘟疫的中心從武漢轉移到了歐洲，先是義大利、法國，接著又跨過大西洋到了美國。手機裡傳來各地封城的消息，然後台灣終於也將所有國家提升至第三級旅遊警戒了。

醫療院所是最先提高警戒的。我想起幾週前有事必須回到醫院，發現院方將各棟大樓的門口用封條封死，輔以輪椅堆成的拒馬，把整座占地廣大的院區出入口限縮至只剩一兩處，需要刷健保卡確認旅遊史、量體溫噴酒精之後才能放行。三月初的鋒面帶來冷雨，風穿梭在輪椅失去作用的輪圈中間。人行道上三兩路人低著頭快速走過，口罩使每個人面目模糊，也遮住了所有熟悉的表情。

疫情一日數變，牽動心情也牽動著未來規劃。一位朋友彷彿被疫情追著跑似的，蜜月旅行先是早早訂了飛往日本的機票，在日本淪陷後，又臨時報名義大利的旅行團。出發前三天，義大利爆發大規模感染，最後只能偕新婚的妻子到花蓮，和我吃一頓悶悶的晚餐。

兩個月以前，有誰想得到會這樣呢？我安慰他，他苦笑。反正現在只要還身體健康就夠幸福了。

疫病不一定會在每個人身上造成症狀，但卻足以摧毀日常生活，摧毀你對「未來的每個日子都像複製著今天」的想像。原來我們的歲月靜好，只是建立在對未來一廂情願的假設上。沒有這樣的前提，我們就只能直視生命裡最不堪的事實：即使現在已經二十一世紀，人類還是無法完全掌控自己的命運。

我們習於日常的重複，在意識裡將任何超出自己掌控的可能性給排除。例如地震。飛機失事。傳染病。隨機殺人。但其實車禍與癌症每年奪走更多人的性命啊，只是我們相信，只要自己小心駕駛健康飲食就能夠趨吉避凶，那些是他人的地獄與我無關。

新聞上的悲劇不小心提醒了我們，生命中不可承受之重原來離我們那麼近，讓每一個人都能輕易地把自己代入其中。

人善於將身邊事物理出秩序，秩序在不確定的黑暗中引入了光。意外災厄之所以更能引起恐慌，一部分是因為他們超越了個人能掌控的範圍。即使人們用科技或醫療來武裝自己，都不再能將風險降為零的時候，我們才發現站在巨大的命運之前，人類仍然赤裸得難堪。

但即使如此，生活還是要過的。下課後騎著腳踏車經過文學院的林蔭道，車輪輾過落葉之上發出喀沙喀沙的清脆聲音。環頸雉在雨後的草地上悠閒覓食，抬頭所見是中央山脈，瘟疫還在好遠好遠的山的後方。這樣的日常靜好即使明天可能就毀壞了，但至少今天我們還身在其中。

來日大難，口燥唇乾。被認為理所當然會持續下去的生活、甚至是生命，皆是一座華美的壇城。城封城破，都是彈指之間。

重複使我幸福

我討厭突發狀況，喜歡可以規劃的一切，規律，迴環復沓而幾乎要產生音樂性，我喜歡重複。像是夏宇說，重複使我幸福。

重複也是生活中的儀式感。是將各種變動的風險降至最低，是主宰，也是控制。重複的生活讓人產生錯覺，認為這樣的秩序似乎可以永遠持續，在短暫的一天中窺探到永恆的餘光。

有人說要判斷你喜不喜歡目前的生活，只要試想能不能忍受這樣的日子無限重複就好了。當時間尺度被不斷拉長，未來所許諾的報償被延後支付，原本可以暫時忍受的微小厭煩就會擴張至極大：當放棄了面向未來的升職、加薪、機會或是享樂時，你還願意活在目前的生活裡嗎？你能不能在無止境的重複中，萃取出意義的結晶？重複逼人把目光從遙遠的未來移開，看向當下。每一天的生活都是永恆的一部分。

我想起年少時對鐵道的迷戀，或許部分原因是那本爬滿了時間刻痕的火車時刻表。開車會遇到塞車或找不到停車位，公車可能會脫班誤點，但相較之下，火車幾乎都能夠精準地將你在某個時刻運送到某處。鐵路是條放大了的尺，規範嚴明，刻度橫在空間上，也橫在時間上。那樣的準確令人安心。明天、後天、大後天，火車依舊會準時前來，火車與鐵軌幾乎就要讓人相信永恆。

但生活中很少能像火車時刻表一樣，精準到可以預測。時間裡唯一不變的規則就是變動。在住院醫師的訓練中，最令我難以忍受的是負責會診的那幾個月。無論急診或是病房會診，手機都有可能會在任何時刻響起，或來電，或簡訊，每一次白袍口袋裡手機微小的震動，都足以把排定好的工作時程震得面目全非。像是生命中許多意外一樣，無法預期，無法計畫，只能迎向那些難以預測的未知，讓它們像雨一樣打在身上。

相較之下，病房的工作就顯得相對可親。隨著經驗累積，疾病的病程演變與藥物作用就變得容易推測。擔任總醫師時，已經能夠預先推估住院個案出入院時序，讓病房順利縮床過個好年。有時候不禁會想，當初逼迫自己快速熟稔用藥法則時，是不是也有一定比例的私心，是希望能對虛無縹緲的精神疾病有多一點掌控感，減少工作中的不確定性呢？

有些人比我更無法忍受變動與不確定。那樣的人需要掌控生活中每一處小細節，任何形式的突如其來都不是驚喜，而是對秩序的踐踏與褻瀆。旁人時常無法理解，明明只是些許臨時變動，他們為何忽然暴怒；但對他們來說，失去秩序的保護讓自己暴露在不確定感的風暴中，暴風的中心像是漆黑的瞳孔，瞪視著自己。他們是多麼希望回到秩序的世界裡，把日常活成一座大型的咕咕鐘，鐘面背後的發條與齒輪掌控一切；在固定時刻裡，某扇門會打開，鴿子固定出來轉三圈，然後門準時關了，鐘面回復原狀。他們理想的生活是一切簡單、確實，沒有意外，齒輪般周而復始，充滿了重複而可預測的日常。

但德勒茲（Gilles Deleuze）說，「重複」裡會生出「新」。沒有一次重複是過去百分之百的完美再現，重複的日子只能像是對過去的弔亡，逼真的擬仿。時間流過咕咕鐘，終究是會向前走的。但對於每個生命來說，死亡是時間的盡頭，是重複的終結，是一切再現性的不再可能。連死亡本身也難以重複。沒有人能夠奢侈地死第二次。

有人對死亡避之唯恐不及卻也有人趨之若鶩；但大抵來說，怕死的人比尋死的人生活過得滋潤得多。有人在門診提到自己對死亡的擔心，我和他說，每個人終歸是要死的，你也是，我也是。精神醫學的訓練並不會讓我有更充足的準備面對死亡，在死亡之前，我們同樣無知。

不必逃避死亡，卻也不必刻意去尋找它；或許比較自在的態度，是用一個陽光晴好的日子，好好地泡一杯咖啡，坐在草地上等待它。畢竟死亡終究會前來，終究會消解重複，消解意義，但至少等待的時間裡我們又活過了一天；即使知道所有生命中的美好終將無法重複，有人面朝死亡自在地走去，在眾人眼裡留下一個背影，從此向死而生。

道歉的方式

前些日子的旅途中，搭巴士時不小心受的傷口漸漸癒合了。那是在一輛每一寸地板都站滿人的巴士上，被擠到車窗旁遭銳利的金屬邊緣劃傷的痕跡。感覺到痛時已經來不及了，抬起手，看著被撕去一塊表皮的手背露出底層蒼白的組織，慢慢地滲出血。

車子一搖一晃又繼續開了。我轉頭看看四周，乘客們忙於站穩自己的位置，有人用手機的爛喇叭大聲地放音樂，只是沒有人停下來注意我。

除了手上的傷口，小腿還有一些因為蚊子咬而抓破皮結的痂，腳背上則是另一個被岩石擦破皮的痕跡。旅程繼續往下走，傷口也愈來愈多，彷彿沿途摘取了各類疼痛的果實，裝飾在身上。

印象中，童年常在操場上追著跑著，跌倒了，膝蓋擦破好大一塊皮，血滲了出來。那時還是看到血就會哭的年紀，校護用一大塊紗布壓在傷口上，白色的紗布慢慢被染成深紅色；跛著腳一拐一拐走出保健室，還感覺得到紗布底下那看不見的傷口裡好像也有一顆心，跳著跳著隱隱抽痛。然而擦過幾天的藥，紗布掀開已結了痂，痂底下猶痲痲癢癢，彷彿有一整個春天的螞蟻在亂爬，想像那是忙碌的細胞正搬運重建所需的物資。然而那是靜不下來的年紀，左膝受傷幾週後換右膝，偶爾穿插著手肘或其他部位；那些傷口的癒合像四季的更迭，推推擠擠將我們送上成年。

成年以後不再莽撞，因而很少受傷，但受了傷留下的印記卻更難以抹去。不知從何時開始，傷口的復元速度愈來愈慢，結出來的疤痕也愈來愈深。以往船過無痕的小傷口，現在需要一兩週的時間等待癒合，癒合之後成了一塊顏色質地均與周圍皮膚不同的窪地，或亮白或粉紅；反而那些童年留下的疤，現在回頭尋找，早已了無痕跡。

更怵目驚心的疤痕，是一天在急診室裡見到的。一個丈夫外遇的中年婦女割腕被送進來，腕上一道一道鮮血淋漓，像咧著的嘴，冷冷地笑著一切。傷口底下有更多的傷口已經結成了疤，每一道疤痕像是不願再被開啟的故事，打開來叨叨絮絮會有更多的痛。

她臉上沒有任何表情。問她為什麼想死？她低著頭說，活著太累太辛苦。她的話語和疤一樣又冷又硬。長大了以後才知道，有些看不見的疤痕是結在心裡的。

隨著年齡增長，我們受過各式各樣的傷，或許也曾無意中傷害過別人。有些道了歉有些沒有，有些原諒了有些沒有；但時間就這樣向前走了，車輪輾過許多石子，有些人唉都沒唉一聲就從生命的軌道裡徹底被粉碎消失了。

譬如高雄發生大爆炸了；一架飛機摔到了民宅上；遙遠的地方發生戰爭與瘟疫，上千人無聲地受苦死去。有些藏在心裡的話來得及對你說有些沒有，ＫＴＶ螢幕裡的王菲唱，沒有什麼會永垂不朽，再怎麼深的傷口痛久了說不定也一樣會好。

但還是有人終其一生都在等待一句道歉，有人則是等待原諒。受傷的次數愈多，愈想對生命中曾經傷害過的人說對不起，彷彿一種儀式；這時候傷口是否癒合完美已經不那麼重要了，有時候那些還沒有結痂的傷口比生命本身還更久遠。

例如過了那麼多年以後，他開始想要為以前的事道歉。「我那時候太年輕了，還不懂得愛人的方式。」其實當時他們都已經各自有了穩定交往的對象，幾年形同陌路之後，偶然在朋友的Facebook上看到她的名字。照片裡的那人戴著太陽眼鏡，站在沙灘上笑得好開心，有著熟悉的鼻子與眉眼，有她最愛的長紗裙。這是在哪裡的沙灘呢？全世界的沙灘都長得大同小異，但想必不是從前一起去過的那一個。

時間的軸線一旦拉長，當初糾結成一團的那些濃烈的愛啊恨啊所有傷害的話語全都舒展開來，而有了弧度。

「對不起。」他想像他終於可以這麼說了。「雖然我們最後還是沒有在一起，但是你讓我變成一個更好的人。」他知道這樣的場景畢竟只是幻想，現在兩個人之間只剩下Facebook上有共同朋友的關係，一條網路線牽著好幾年的距離。他想起以前的許多事，畢竟那時彼此都太年輕了；但假如在另一個時空遇見彼此呢？會不會有更好的結局？

但這些已經不可能再發生了，他搖搖頭，把杯底剩下的最後一口紅茶喝光。紅茶放冷之後有種澀澀的苦味卡在喉頭，他想起之前看過的詩句：詩的缺憾源於生命／生命不／不曾圓滿。那是我這輩子最好的時光，捧著今生滿滿的靈感來到你面前，但不知怎麼就寫壞了，搞砸了，最終還是變成一首爛詩，比一個冷笑話還要難堪。往後的生命裡我時時懊悔，如果當時不那麼衝動就好了，早知道彼此多體諒一點就好了；但是列車已經開動了，軌道已經切換，太空梭終於脫離地球引力往更遠的地方航行，一切都無法挽回了，連個遲來的道歉都顯得過於奢侈。該怎麼辦呢？還好夏宇說了：但他繼續寫。怎麼辦，那是他道歉的方式。

而立

不知不覺就過了三十歲。二十歲的時候曾經以為好遠好遠的年齡忽然來到了眼前，三十歲生日那天沒有蛋糕沒有蠟燭就這樣過了，跟任何一個平凡的二十幾歲夜晚一樣，時間只是又安靜地翻了一頁。三十歲的第一天沒有變成大人的特權，早晨的空氣也沒有充滿花香，仍舊得上班、繳稅、完成各式為了生存在世界上而必須完成的文書作業。

他們說三十歲是而立之年。三十歲，應該要有一份穩當的職業，第一桶金，剛開始繳貸款的房子；最好身旁有伴，出門有車，或許準備孕育一或兩個孩子。二十五到三十歲之間參加了無數場婚禮，彷彿所有人都約好了一起在那時候結婚。婚禮時照例排隊簽到，在招待處交出寫了吉祥話的紅包，餐桌上遇見那些曾經熟與不熟的人，探問對方最近好嗎在哪裡工作有沒有結婚打算啊哪時候吃你的喜酒？帶著三十歲該有的微笑，像是穿戴在身上，如同那些屬於三十歲的手錶、西裝、光燦燦的前途。

三十歲以後，時間的尺度好像變得不太一樣。以前念書的時候，時間的單位是以一次考試、一週課程，甚至一節課來計算的。每天上課八堂一週五天然後迎來週末，十八週過去了就能獲得長長的假期。那時候剛考完試會覺得下次期中考是好遠的以後了，未來遙遠得不需要去擔心，而三五年已是下一輩子。暑假彷彿永遠用不完似的，可以任性地躺在床上發白日夢哪裡也不去，過了好久抬頭看時鐘原來才過了十五分鐘；時間像是燠熱的房間裡擰出了水，滴滴答答，用一種極勉強的速度，擠過青春狹小的縫隙。而不像現在，假日即使沒事也自動八點就醒了；想繼續賴床，臉書上卻傳來各類的訊息：有人申請上美國名校的博士班了，有人風光創業，有人論文發表在頂尖的期刊上。你覺得慚愧，在你休息的時候世界上那麼多人正拚了命地往前跑，覺得每一秒鐘的浪費好像都是滔天大罪。

三十歲的可怕之處在於，世界總會從各種管道提醒你，這三十年對天才來說已經夠久了，久到足以讓他們改變歷史。例如菲爾普斯開始在奧運的游泳池裡奪牌的時候才十九歲，接下來二〇〇四到二〇一六年間的四次奧運裡面，拿下了人類史上最多的二十三面金牌，那時他三十一歲。愛因斯坦提出相對論的時候，二十六歲。創立特斯拉的伊隆・馬斯克賣掉PayPal賺了幾億美金時，也才不過三十歲上下。三十歲是一個門檻，天才們紛紛用優美的姿勢跨欄往更遠的地方衝刺了，你卻被絆倒跌了個狗吃屎。

你一方面懊悔自己花了太多時間在念書跟臨床訓練上，一方面捨不得放棄目前所擁有的一切。三十歲，你終於從童年時的夢想當中畢業，準備安分守己，做個好人。

然而這時你發現，父母已經不是當初三十幾歲的父母。有次工作太忙長時間沒回家，忽然發現他們衰老很多，老到已經像你在公車上看到會起身讓座的那種六十歲老人了。家裡出現一些莫名的藥袋，冰箱上黏著回診單，旁邊的抽血報告出現扎眼的紅字；你回頭才看到他們不知何時已遠遠脫隊，發現你還沒準備好面對以前永遠在你身後、幫你收爛攤子的父母，竟然老到可能需要你照顧，而尷尬的是你還沒有把握是不是能把自己的人生照顧好。

在你心目中，屬於三十歲的姿勢應該是站立著的，已經過了放肆跑跳的年紀，正是該站穩腳步，抬頭挺胸往前走的時候。而再下一個三十年，就要從站著變成坐著，接下來很快要躺著。三十年很久嗎？一晃眼人生第一個三十年已經過去了，接下來只剩一個、最多兩個三十年。三十年好像沒那麼久，人生也沒想像中的長，盡頭來得猝不及防。

三十而立，生命中粗略標示著三等分所立下的第一個標記。愉快的緩上坡在此告一段落。三十歲以前是遠足般的青青草地，三十歲以後的攀岩則處處潛伏著凶險。此時裝備齊了，經驗有了，但負重更重了，踏出的每一步更加謹慎，跌倒時也沒辦法那麼快就爬起來。

更可怕的是，而立之年以後你發現，無論是精神還是肉體，等待著你的不只是眼前的風景，而風景背後極目所見之處，隱隱然就是鋪天蓋地的衰老，就是荒原。

你開始注意從前那些一起玩樂的哥們，幾乎無一例外，髮線開始後退，身材往橫向發展；久久一次聚餐，你不小心從鈕釦間撐開的縫隙瞥見他們襯衫下的腹肚，不知何時已經淤積了一圈肥肉。你回想你們共同擁有過的那些二十出頭歲的日子，在泳池前跳水，在衝浪板上奮力振臂追逐一道經過的浪，比賽接力時左右兩道水花四濺，唯有從上方伸過來一隻強壯的臂膀接住累癱的你，而你幾乎以為那是神，是充滿力量而不會老的。那時的你們正值年少，人生是不斷的獲取，生命好像每天都在進步，時間永遠站在你們這邊。

你一下子不太能適應這樣的變化，「不，我夢想中的三十歲不應該是這樣的。」大家酒足飯飽之後的話題變成房貸，變成車，變成長輩會顧小孩還是要請保母幫忙帶。也有些人決定向時間奮力一搏，討論起減脂、重訓、生酮飲食，雄性禿的藥是吃的還是抹的比較有效。

即使這群人外表看起來都和二十幾歲時沒兩樣，但你心裡悲哀地知道，你們都已經開始老了。年輕人是不需要談論這種話題的。

跟你同輩的人用四年五年的高壓生活和垃圾食物換得一張專科證書，然後再到健身房用汗水與痠痛去消耗那幾年堆積的肥油腹肚。偶爾在重訓器材前見到和你年紀相仿的人，漲紅著臉咬牙切齒地推起那支槓鈴，薛西佛斯似的，卡路里的永劫回歸；他們專注的表情彷彿減肥是一種宗教，罪與贖罪的拉鋸之中，身體是唯一的神。

也有另一群人沒有練身體的壓力，早早進入家庭的他們，安然接受自己逐漸變成一個敦厚的中年男子，全家福相片裡面父親的那個角色。他變得愈來愈像自己的父親，接收了父親的命運與父親的幽靈，他成為名為「父親」的歷史長河裡，一個安靜的剪影。

但才三十歲，並不是每個人都能如此安於這樣固定的角色，多少還有點抗拒。曾經聽身旁決定不婚不生的朋友說過，生了小孩，就代表自己老了，對時間俯首認輸。彷彿那是自我毀滅的按鈕，一按，飄浮在美好青春中的太空站逐一引爆、碎裂，只剩那載著遺傳密碼的飛船在一團絢麗的煙火中逃生彈射出去，從此孤獨地飄浮在時間的漫長旅途中，慢慢變老。不生，不結婚，不用變成誰的妻子誰的丈夫或是誰的父或母，好像就永遠不會老去，青春只是蒙上灰塵而已不至於變成廢墟，一直都還是那個不用對誰負責任、對世界充滿好奇的少年。

然而在定期的前中年男子聚會裡，有人出現的頻率少了，於是猜測他可能有了新的交往對象或是最近準備結婚；有人忽然好久沒見到了，才想到他baby前幾個月剛出生現在應該很忙。成為父母，代表從此不再是五陵年少，車馬衣裘。凡事變得皆以小孩為重，從折疊式嬰兒車到安全座椅，從母奶親餵多久到副食品的選擇，新手父母們的

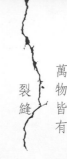

話題自成一座圍城，別人進不去，他們出不來。

啊父母，陌生得彷彿是另一種生物。他們是面目模糊的父親和慌亂狼狽的母親，而不再是聚會中翩翩體態談笑風生的Kevin、Annie、Edward或Katherine。他們用十個月懷孕，卻用接下來的一生來學習成為（或「被成為」）父親或母親。

因為各種原因進到你診間的父母，年紀常也是三十幾歲，很多都是你的同輩。你們可能看過同樣的卡通，追過同樣的影星，參加同一場演唱會。但你和他之間現在隔著一張桌子，聽著他們說著自己的小孩如何頑劣彆扭或是過動，太安靜或太愛說話。你心裡明白，你們之間其實很近，已經成為誰的父母或單純還只是誰的子女，只是人生中幾個關鍵選擇的距離。

但你知道他們是深深愛著自己的孩子的，他們只是太累了，或是不知道該怎麼做，需要有個地方暫時安頓好自己的人生。你知道三十幾歲該有的壓力他們一樣都有，但負擔著另一個生命所帶來的責任與煩惱，必定遠超過你所能想像。三十而立，立在傾盆大雨裡，你只能撐起手中的傘（不管那把傘名為藥物，名為諮商、社會福利或教育資源），盡可能陪他們走這一段。

足夠少的人生

三十歲以後忽然發現食欲少了。以前明明才剛吃過早餐，十一點不到肚子就餓了。便當可以一次吃兩個。三十歲以前食欲像是一頭凶猛的獸，潛伏在體內隨時餓著，出其不意地竄出洞來覓食。

想起學生時代去吃一九九元吃到飽火鍋，是期末考完難得的奢侈。夾了滿尖盤的肉也等不及一片一片涮，乾脆嘩地全都倒進煮滾的火鍋裡。下了大量剛解凍肉片的火鍋安靜了一下，等到水滾起滿鍋混濁的浮渣，再將過熟的肉整塊撈起大口塞進嘴巴。哪種肉無所謂，消化後都是胺基酸。那是不追求美味的年代，隨時都餓著的青春期。

現在代謝慢了，點餐都只點小碗，午餐或宵夜有時兩顆便利商店的茶葉蛋就打發。吃飯也不為了飽，僅是為了不餓。當然，偶爾也會有嘴饞想大口吃肉的時候，但那畢竟不是日常。

自己開始有了工作收入以後，花錢反而變得更加謹慎了。考量的點已經不全然在價格，而是需要與否。與其半年換一個便宜的錢包，不如買一個質感更好、也更耐用的真皮皮夾，陪伴自己久一點。

皮夾也不再塞滿證件與卡片。不常用的信用卡都剪了，加上提款卡悠遊卡，證件也只留必要的。皮夾裡一次最多只放一千塊，時常虛虛地空著，卻更能維持皮件原本的骨架，用了四年還像是新的，放在口袋裡經過無數次手的摩娑，皮面反而比剛買時更加溫潤。

開始發現衣服穿不太壞。這幾年雖陸續添購了一些，但四、五年前買的衣服褲子依然還能穿。因為穿得夠久，曾經見證過幾件衣服的終末之時；那是從每一條縫線同時裂開、每個拉鍊差不多時間斷掉，天人五衰，衣物的自然死亡過程。

喜歡天然材質的衣服，素色布料。尤其是棉與麻，比起人造纖維穿在身上自有一種會呼吸般的透氣感，彷彿衣物也有自己的生命。夏季換洗衣物多些，冬天禦寒的就固定那幾件，最多加個圍巾，就足以抵擋亞熱帶偶爾的寒流，似乎也沒必要再費心買更多。

比起衣服，倒是鞋子淘汰得快一點，或許是養成了晨跑的習慣，也因為比以前走更多的路。過了三十歲還沒買車，一方面是上路不大會開，但更主要的原因可能是覺得沒有需要。住在北部，絕大多數的時候公車與捷運就已足夠，最多再加上雙腳，就能去很遠的地方。人最終能到多遠的地方去，一向與開什麼車關係不大。工作之初曾從家裡運來一台十來歲的老一百西西摩托車，說是代步，最遠也不過騎去附近的家樂福而已。冬日多雨，機車還常因太久沒發動而壞了電池，最後索性把車再次運回老家，從此回歸無車之人。走路二十分鐘內都是城市裡可接受的距離，再遠就騎公共腳踏車或搭公車捷運。速度慢了，但移動的途中有餘裕注意牆角蓬勃生長的苔蘚，或蹲下來逗弄路過的貓狗；天氣好的時候，走路本身就是一種享受，一種目的，而非僅是從某處到達某處的過程。等車的時間成為生活裡另一種難得的留白，可以出門前依心情在背包裡放進一本書，詩集或小說都好，讓自己抽離枯等煩躁，隨時進入安靜的閱讀。

智慧型手機對現代生活多少有其必要性，但即使是別人淘汰後的舊機子也很好用。那些過時的手機或許效能不如以往，螢幕也曾摔過，透著光看，成為美麗的冰裂紋。原本拿手機就不為了追劇也不視訊，因此速度不必快，網路流量不需多，安裝的app最多就那常用的十來個。

三十歲以後，擁有的東西漸漸多了，堆積在生活各處，卻開始懷念學生時代物質略顯不足但自由自在的日子。怎麼樣才能有一個足夠少的人生？

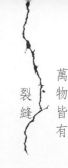

離文明愈遠，愈能明白人真正需要的東西，其實不多。登山縱走，才發現每個人一日所需，不過只是一個背包可容納的睡袋睡墊，帳篷爐具。出發前夕，與登山社的朋友一起準備伙食，蔬菜洗過，醃製的肉品用密封袋包好，白飯煮熟之後脫水風乾，蛋放在蛋盒裡，珍而重之地收進背包。到了山上紮營完畢，就著頭燈微弱的光線生火，在小煎鍋裡熱油炒菜，可能是經過一天的跋涉後身心已疲，這頓飯竟然比你吃過的任何高級餐廳還要美味。

三天之後回到登山口，背包輕了些，帶下山來的垃圾少許，外套與褲子上沾了草葉與乾掉的泥土，三天沒洗澡的凌亂頭髮油膩了一點。但下了山後，整個人好像有那麼一點微妙的不一樣。看過了山上的日出與夜裡的銀河，彷彿靈魂某些部分，變得比上山之前亮了一點。那是高解析度液晶螢幕上的景色，所沒辦法做到的事。

真正與山林共生之人——長程縱走的山友，或是部落裡的獵人——幾乎可以用最少的文明器具，在山裡生活很長一段時間。他們的登山鞋已經很舊了，煮食用的爐具鍋具也都陪伴他們很久，但總能用這些器材，在山裡走比我們更遠的路，度過更多的夜晚。如果你有機會從他們的瞳孔裡看進去，會發現那裡面的靈魂是亮的，會發光。那是那麼多夜晚星星的累積，也是初春時太陽透過冰上折射出的光。

柏油路的盡頭，藍寶堅尼跑車和舊福特在此都同樣毫無用處。山裡唯一能信賴的只有自己的雙腳，以及靠雙腳走出來的路。文明能帶我們去很多地方，但對於藏著真正的美麗之處，或多或少總有一段路是需要經過自己步行的。長時間負重步行之後留下的肌肉痠痛，像是一種證明，一種被支付的代價，或是一種報償。

然後最終連堆積的乳酸也會淡去。在山裡的日子像是另一個時空，時間的流動和構築世界的法則都與山下不同。人在山中會漸漸忘記人生是否真的那麼需要最新款的iPhone、四十吋平面電視、家庭劇院，或是三房兩廳近捷運的房子。我們平時為了擁有那些，而失去了一整座星空。

究竟擁有到怎麼樣的程度，才能稱之為足夠多呢？在物質文明裡的人好像很難回答這樣的提問；或許就是因為再怎樣也不夠，人類才有了突飛猛進的文明。而怎麼樣才能活得夠少呢？例如把欲念降至極低極低，耗用最少資源，占據地球上最少空間；我們能僅僅用一個生物所需的最低標準活下去嗎？或許這樣的問題也同樣不可能有答案。但除了人類以外，對叢生的苔蘚、對台灣藍鵲、對樹杈上的鳥巢蕨來說，足夠與否根本不構成問題。它們按照刻印在基因裡的規律來完成生命，盡全力地活著，然後安靜地死。生與死對它們來說，本來就只是一束陽光，一窪水，或是一場冬季降下的大雪而已。如此輕易，如此安靜。幾乎抵得過人類全部的文明。

空中花園

和我同住在寢室裡的，有三位室友：一名人類，兩盆盆栽。人類室友本質也是植物性的，大部分在寢室的時間都待在自己的座位上，安靜地戴著耳機看電腦，有時自顧自地笑，有時候歪著頭就睡著，生活習慣與植物相仿。盆栽一盆是山蘇一盆是兔腳蕨，一日從花市抱回來的；我將它們吊在窗戶旁以避開直射陽光，每日灑點水，就此在寢室裡定居下來。蕨類們似乎很滿意這個潮濕台地上的陰暗寢室，山蘇不斷從芽點中心冒出嫩綠捲曲的葉子，幾個禮拜後就變得欣欣向榮，遠看是滿滿一盆或深或淺的綠色色塊。和恣意擴張的山蘇比起來，兔腳蕨顯得安靜多了，但也謹慎地從盆子裡伸出毛茸茸的肉質莖，探索著外面未知的環境。

我喜歡兔腳蕨初生的嫩葉，像一個問號，黑黑醜醜不起眼；當過幾天你再見到它時，問號已經舒展開來，向空中化作一隻托缽的手，葉間閃耀著陽光。你會幾乎以為那是一種禪的啟示，畢竟在理解世界的本質上，植物已經走得比我們還要遠很多。

偶爾有值班或連續假期的日子，多天忘了澆水，蕨類乾渴的葉尖開始出現焦黃；但幸好它們待我極為寬大，不記恨，在我用清水噴霧潤濕表土後，隔天又用翠綠的身影迎接我。

它們盡責地扮演一個很好的室內裝飾品，不為身邊的人類帶來麻煩，並隔著玻璃適度攫取一些陽光，用一種極緩慢的速度生長著。

／

我與植物最初的緣分，應該從幾株蘿蔔開始說起。

精神科病房外有一處三角型的空地，美其名曰空中花園，其實是醫院某棟水泥建物灰撲撲的樓頂，經過整建後鋪上塑膠地面，裝了籃球架，在陽光美好的日子裡，權充讓住院個案們到戶外活動筋骨的休憩空間。

空中花園的四周搭建了花台與圍欄，醫院栽上羅漢松作為制式的綠美化。而整建之時不知是誰運來了大型的三層鐵架子擺在空地上，架上放了一些盆子，填了土，花花草草便暫時在這個離地十公尺的租界中，有了安居之處。剛播下的種子努力發芽，從室內移來的盆栽，則盡量適應環境變化。這之間折損的植物不勝其數，但偶爾也有存活下來的。例如已經站穩腳跟、大剌剌地長成一棵小灌木的迷迭香；例如長在窄仄的盆子裡，每年秋冬仍能留下滿地心型落葉的菩提樹。

後來這些盆栽也成為職能治療師上課的好幫手之一。職能治療師設計了一些植物觀察、葉拓，甚至香草採集等課程，讓充斥著空調與人工照明的住院生活，多了些陽光，也多了些香氣。

空中花園的某處，有幾個盛了土的廢棄保麗龍箱。原本應該是有人拿來種植某些植物的，然而花枯土乾，幾次暴雨烈日的輪迴之後原本寄宿的主人再不復見，倒是長滿了茂密的酢漿草，也成為一種風景。

一日經過大賣場時，從沒有成功栽植經驗的我不知為何福至心靈，拿起了一包蘿蔔種子。十五元，裝在鋁箔袋中，輕薄得幾乎沒有重量，但捏一捏，的確能感覺到有生命之類堅硬細碎的事物，藏在其中。

某日下班後借來小鏟子，幫廢棄保麗龍箱鬆土，施肥，撒上種子澆了水，然後任其聽天由命。但過幾天蘿蔔種子爭氣得長出了嫩綠的芽，令我有點驚喜，也有些汗顏。啊怎麼辦，我只是隨便把種子撒下去而已，竟真的長出來了。

那分明只是一些植物：不會呼喊，不懂親近，只是在角落裡用自己的根抓住一些土壤，光合作用，盡可能地生長，開花，時間到了自動枯萎。但不知為何，我卻對它們產生一種親密感，彷彿它們的生命出自我手，理當對它們負起一點責任。在這個缺乏灌溉的人造花園裡，我就是它們的神，它們生命的全部。住院醫師的工作相當忙碌，但那時每天都督促自己，無論下班多晚，都要記得推開厚重的鐵門，在傍晚昏暗的天空下，到花園裡去為那些蘿蔔們澆水。

蘿蔔葉茂盛到一定程度就停滯了，養分轉而往下肥美那埋在土裡的根部。看著綠莖下方日漸膨脹的蘿蔔頭，盤算該長得差不多了，便整株掘起，打算燉湯。然而人算不如天算，或許是土不夠深，挖出來卻都只有短短小小的一截；歷經辛勤地灌溉，收成了營養不良的蘿蔔數個，但意外獲得了三個月份、滿天的晚霞與夕陽。

自此我便無可救藥愛上種植。去大賣場會特意蒐集各類種子，實驗似的，在我那方侷限的田園裡，種下菠菜、空心菜、白蘿蔔和南瓜，但皆以失敗收場。唯一發芽並靠自己力量茁壯起來的，大概是那些油菜。油菜細細的種子發了芽，不巧遇到大雨，嫩芽倒在土裡很快就爛了，只剩幾株勉強撐著的油菜苗撐過了冬日的陰雨，在陽光短暫露臉的幾天內，迅速長大並開出了黃色的花，在風中招搖著。

然而好景不常，沒過多久便發現葉子被啃得坑坑洞洞，翻過來一看果真有已被油菜養得肥美的紋白蝶幼蟲在爬。當時百思不得其解，位在工業區旁，醫學中心水泥叢林內三層樓高的地方，怎麼會有蝴蝶或蛾飛過來產卵呢？後來才聽說那些昆蟲靠著本能，能飛數公里遠，只為了找到一朵合適的花。或許對牠們來說，我那種了幾株乾巴巴油菜的箱子如同都市裡的挪亞方舟，是歷代傳承在牠們ＤＮＡ記憶裡的豐饒大地吧。

或許我們的基因深處，也都刻印著一片田園。那裡有土地，有陽光與水，讓種子撒落以後能欣快生長；土地裡埋藏著我們所需要的一切，也接納著我們不要的一切。這可能是為什麼孩子們都喜歡觀察植物，看著綠豆躺在衛生紙上靜靜地泡著水變得白胖，撐破外頭被泡軟的硬殼後冒出嫩芽，過程堪比魔法。生命的魔法藏在每一顆最微小的種子裡，安靜地睡著，等待著在泥土裡釋放的一天。

但大部分我們這輩人的生命史，似乎已永久地離開了土地，漫步在空中；尤其在台北，誰家的地址寫起來不是幾號幾樓之幾？我們腳底踏著的不再是泥土，而是水泥柏油，是瓷磚是大理石板；出門有路，代步有車，土壤是需要開車大老遠去鄉下看的，稱之為「農家風情一日遊」。從我小時候開始，泥土就被認定是髒的，是危險的（在家長眼中，孩子手上的泥巴或許充滿著寄生蟲或細菌之類），是亟欲用水沖之、濕紙巾擦之而後快的。長大以後，土地不再是植物生長的地方了，而是一坪一坪地在資本市場裡賣；土地變成了鋼筋水泥大樓，變成車位，變成地契上共同持分的一個小到連眼淚都流不出來的虛幻數字（二．四五坪之類），變成電線杆廣告紙上的近捷運大三房四十五坪每坪六十萬有找，變成吾輩銀行本子裡多年的存款總額加上未來三十年的漫長房貸。

仔細想想，在離地十公尺的三樓還能夠有個保麗龍箱大小的泥土讓我隨意種植，已經是夠幸福的了。

／

再下一次嘗試種植已經是專科考試前幾週，彼時工作與考試均是壓力最大的時候，假日讀書讀得發悶，索性到建國花市逛逛，回來時順手帶了兩株絲瓜苗。絲瓜嗜水，老闆將它們交到我手上時諄諄告誡，土不能乾，陽光烈的時候可能要一天澆兩次。

我將瓜苗埋進土裡，和一些薄荷種在一起，澆了水，幾天後絲瓜苗便伸出纖細的綠色手指，探索著周遭的世界。接著手指很快就成為藤蔓，順著鐵架攀爬而上，沿途留下大張大張的綠色葉子作為足跡，迎風招搖著。

巡視瓜苗並澆水，成了我每天的大事。身為總醫師，科內有太多雜務要操持，但照顧絲瓜是最單純也最開心的。每天早上一看，藤蔓的尖端又抽長了幾寸，繞出螺旋狀的嫩鬚，彷彿向上天需索著更多的陽光，彷彿熱切地要與鄰居那盆圓柏勾肩搭背。

絲瓜藤很快就開了花，在風中翻動像一條長裙，豔黃色的，又像是夏天的陽光。花招來了蜂與蝶，也招來了病房裡其他工作人員，與另一邊辦公室裡的研究助理們；我們彼此之間彷彿有不必言說的默契，幾個人默默地分工照顧絲瓜的責任。嬌嫩的絲瓜不堪週末連續兩天在烈日下乾烤，於是有人禮拜六早上到醫院加班趕報告的時候，幫忙澆了水；有人輪小夜班，就剛好負責傍晚那一趟。

植物原來也是需要愛的，甚至比人更熱切。那可以只是每天澆水，偶爾的施肥與咖啡渣，植物便會用全部的翠綠來報答你。科裡開會之後，開始病房業務之前，我總會抽個空繞到花園裡走一圈。揉碎一片薄荷的葉子讓指尖沾染涼意，撫摸過迷迭香的頭頂，讓一縷若有似無的香氣附著在我的白袍袖子上，隨我走進這冰冷人工的醫院裡。

植物們實在太過慷慨，我僅給予它們早晚兩次清水，它們便賜予我香氣，賜我風與陽光，賜我細細的雨絲溫柔地打在身上。

絲瓜的花開了很快就謝，然後基部吹氣球般膨起，成為玲瓏的小絲瓜。沒一兩週的時間絲瓜便長大到可以吃的程度。家裡有開伙的人分享著收成的絲瓜，我自己也剪了一條帶回家，削皮，剖半，炒起來又嫩又滑，剛從藤蔓上摘下來的絲瓜有著說不出的鮮甜。

絲瓜藤又收成了五、六次之後，秋天漸漸降臨，有人發現最近採收的絲瓜裡頭，纖維多到難以入口。空中花園裡吹起的秋風開始有了涼意，絲瓜不再需要那麼多的水分了，藤蔓也不再伸出新的觸鬚向前攀爬，葉子從根部往上逐一變得枯黃。我們都知道這株絲瓜的生命週期即將告終，雖然討論過是不是要把整株砍掉再種一些新的作物，但畢竟是陪伴了我們一整個夏天的絲瓜，誰也沒這個忍心。

藤蔓上僅餘的最後幾個瓜孤零零吊在半空中，被秋日晒乾後剝去外皮，做成絲瓜絡，放在辦公室裡洗碗用。我保留了兩條絲瓜絡作紀念，覺得金黃色的質地真美，彷佛收納了一整個夏天的陽光；瞇著眼睛細看，那些纖維構成了繁複的立體網狀結構，生命本身就是最精緻的藝術品。

入冬以後，完全枯萎的絲瓜藤還是被清理掉了，那個保麗龍箱就此空著，裡面長了大把大把的野草。冬日多風雨，彷彿無止無境地下著，將人們困在建築物內。等到幾乎持續了一整個冬天的陰雨結束以後，我再次踏足空中花園，發現在箱子裡的酢漿草葉片間，仔細一看竟然有點點新綠的嫩芽努力鑽出來吸取陽光。葉子看起來是原以為早就枯掉的薄荷。

薄荷的走莖匍匐在土裡，安靜地度過了一整個冬天，從莖的節點又冒出了新芽。去年剩下的薄荷紛紛從土裡甦醒過來，很快就取代了酢漿草成為保麗龍箱裡的優勢種，而且似乎開得比去年更加茂密了。

我在薄荷的旁邊、先前種絲瓜的地方，用鏟子隨意掘了個坑，栽下一顆已經發芽的佛手瓜，期待今年能收穫夠多的龍鬚菜。在佛手瓜下方的土裡，似乎還有些枯掉的、先前絲瓜遺留下來的鬚根。經過翻攪，原本藏在土壤裡面的馬陸像被打擾似的不快地扭動著，先是捲成一圈，發覺沒有其他威脅以後，又慢慢伸直自己的身體，然後鑽進更深的土裡。牠們在接下來的日子裡，會繼續將那些殘餘的植物組織分解掉，將養分還給泥土。在旁邊的土裡面，還有幾個死去的蝸牛所遺留下來的完整的殼，像一個個捲曲而深沉的夢境；夢中的它們是在很深的泥土裡睡著，身邊有蚯蚓，有安靜的馬陸，有酢漿草的種子，有薄荷在地下的走莖。在幾週以前，春天曾悄悄造訪過這個夢境，沒有驚醒任何蟲子或草，只在黑暗中留下一些訊息。

但馬陸知道，種子知道，薄荷的芽點也知道。

浪人行

最終，我又回到了海上。

對我來說，海不只是一個特定的名詞或地點，反而像許多感官互相堆疊干涉所構成的一種經驗的整體。海是陽光灑在背上的熱度，是腳底踩著沙子的觸感、海浪打在沙灘上的聲音，也是空氣裡總是飄散著隱約的防晒油味道，與海水受熱蒸騰的淡淡的腥味。

宜蘭烏石、苗栗新埔、墾丁南灣、約旦紅海、猶加敦半島，很奇怪，世界各地的海灘看起來是這麼不同，但眼睛閉上以後，其他的知覺經驗卻如此的相似。海浪規律的聲音，熟悉的溫度與味道，啊是的，我又回到了海邊，不管哪裡海都共享著同樣的記憶。

有一陣子我非常著迷於衝浪，常和游泳隊的朋友有空就蹺課去宜蘭海邊衝；即使到現在仍衝得不怎麼樣，回想起來但卻無比懷念那段時光。冬天的台北總是陰雨，但車過了雪隧彷彿穿越到了另一個世界，一陣陽光刺眼，雲層裂開，縫隙透出陽光與藍色的天。風是涼的但並不寒冷，裡頭隱約帶著暖意；像是從沙灘往海裡走去時，剛開始海浪一波一波打在身體上時簡直是冰的，但當你繼續走得更深更遠、全身被海水包圍以後，會發現海其實蘊藏著一種穩定的溫暖。

那是黑潮。海有溫度，有流向，海甚至有自己的心情與意志，或許浪也是海意志的表現之一。

適合衝的浪不是每天都有，大部分的夏日平靜無浪，冬天時東北季風太強，把整個海面吹得亂浪紛飛，也不適合衝。真正的好浪可遇不可求，長長一片又厚又高的浪壁依序崩塌，高手駕著板子遊走其上簡直脫離地心引力，那樣的自由，幾乎是飛翔。

飛翔會讓人上癮。浪人平日在城裡謀職，週五下班後就往海邊跑，衝久了索性在離海不遠的地方便宜地租個小房間，簡單布置過，有個架子可以放浪板、有張地墊衝累了可以在上頭睡覺就好。清晨聽著遠方海浪的聲音醒來，開車載板子去附近的幾個浪點巡巡，挑一處浪最好的地方下。此時天才剛透亮，距離日出還有一段時間，遠處的龜山島還藏在灰濛濛的背景裡，海面上已有兩三個早起的浪人坐在板子上浮浮沉沉，等待今天的第一道浪。

／

趴在浪板上往海中央奮力划去，潛入水裡避過一道一道迎面蓋來的浪花，然後海漸漸變得安靜了，那是已經到了離岸邊較遠的「outside」處。在outside基本上就沒有那些白花花的碎浪了，浪在這裡只是從遠方經過的波。浪來時海面忽然高起又落下，然後回復到原本的平坦；浪只是安靜地經過，並不帶走什麼。

在outside的衝浪者通常會坐在自己板子上，並排浮在水面等浪。遠方有浪來時幾個人同時奮力地划，追得到浪就是你的，沒追到也只能怪自己反應太慢或臂力不夠。

追浪像是一種原始的狩獵，用海裡練出來的肌力與浪肉搏，速度追得到浪就有機會起乘，從浪頂最高處踩著浪板優雅地滑下去，像一隻海鷗低空掠過海面，翅膀的羽毛沾上幾滴水花。

有人覺得這是一種征服，憑血肉之軀的力量駕馭一道被自己追上的浪；但對我來說，追浪更像是匍匐在浪的跟前，盡量展現自己的努力。當你的速度被一道路過的浪所看見、所肯定，或許他就願意載你一程。那騎在浪背上與海風一起短短幾秒鐘的飛翔，是大海的賞賜。

即使是有好浪的日子，浪人大部分在海裡的時間也都是坐在板子上等浪。遠方的雲層裂開，露出陽光，陽光灑在海面、灑在衝浪者身上，與海共同鍛造著浪人的膚色與肌肉。有時光看身體線條就能知道這個人是真的有在衝浪，還是偶爾假日到海邊和浪板合照而已。身體是騙不了人的。衝浪者的身體大多非常美，不論男女年紀；衝浪需要用到大量的核心肌群，無論是在海面划行越浪、起乘、維持平衡、駕馭腳下的浪板在浪頭翻騰等等，一次衝浪下來，肌肉的鍛鍊量毫不亞於一場激烈的重訓。衝浪者的肌肉又和陸上特意用重量訓練出來的有所不同，鮮少給人粗壯的感覺；那是把海的剛與柔鎔鑄在一起的線條。浪人是海神的族裔，為了浪而生，而不為了向誰展示。

浪人衝浪，很少是為了在他人面前展現自己的技術。如果可以，浪人更愛在人少的清晨衝浪，沒有觀光客、沒有趴在泳圈上漂浮的比基尼女孩、沒有站在海中央茫然四顧的新手，海面上的浪只屬於我一人，不需要與誰競爭，也不需要誰來注視。

曾經看過紀錄片，傳奇浪人萊爾德（Laird John Hamilton）與他的夥伴們有好幾年的時間都待在夏威夷，只是衝浪。他們總愛去一個稱為鬼門關（Peahi）的海邊，那裡有著他們見過最大的浪；Peahi的存在是個祕密，彷彿兄弟會成員之間的切口，理由帶著一點守護，也帶著一點私心。除了不希望有技術未臻熟練的人在危險的巨浪中受傷以外，或許更重要的，是希望這個浪點能永遠只有幾個密友獨享，而不是和大浪搏鬥時還要分神閃躲布滿海面上的其他人。

除去浪漫的想像，衝浪畢竟還是有危險的。像萊爾德那樣的衝浪者——經歷過多處骨折、肌腱斷裂、臀部嚴重拉傷，早就以海為祭壇，預支生命獻給了浪之神，以籌換一點一滴自己在大浪上翱翔的時間。

海並不殘忍，但也不會特別眷顧誰；與大自然的力量共舞，只要些微的閃失，一個重心不穩，很可能就會被浪給反撲。萊爾德專門衝數層樓高的巨浪，每次出海，都像是與死神跳一首腳步繁複的雙人舞。他和朋友曾經在衝浪時出過嚴重的事故，被巨浪重擊，同伴幾乎喪命在海上。萊爾德用盡力氣把重傷的同伴拖回岸邊送上救護車後，第一件事竟是拿著浪板掉頭回到海裡，繼續衝浪。事後有人問他難道不怕嗎？他說不能害怕，因為看過太多浪人經過這樣的生死交關之後，就再也不衝浪了；他必須在最恐懼的時刻回到海裡，他征服恐懼的方法是直接奔向它。

他當然會怕，但他的生命就是衝浪，無法想像沒有浪衝的生活，所以死亡已經是他生命裡不可切割的一部分。他並不特意追求死亡，也不會刻意忽略它，死亡的陰影一直都在那裡，他只是毫不閃避地直視著它。

但幸好台灣大概很少有這麼凶猛的浪，造成受傷的大部分原因，是和其他衝浪者相撞。畢竟衝浪是高速且充滿碰撞危險的運動，若是被浪裡激射而出的浪板撞到，輕者皮開肉綻，重者甚至可能骨折。也因為靠近他人太過危險，所以遠離人群，是衝浪者的默契之一。

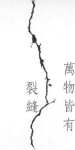

因此，衝浪是孤獨的，浪來的時候沒有隊友，沒有同伴，沒有輸贏也沒有比數，天地之間只有自己與浪。

浪人一整天在海與岸之間不斷來回，才剛乘著浪回到岸邊，隨即又趴在板子上划了出去。不像游泳或賽跑等競技運動，在浪上的時候，速度沒有意義，距離也沒有意義；浪人只是重複著同樣的動作，他們不與旁人競爭，甚至也不和過去的自己競爭，每一道浪都開啟一個全新的可能。當浪人在廣大的海上選擇了一道迎面而來的浪，而浪也選擇了自己，接下來就剩下怎麼樣在有限的時間裡，享受和浪一起飛翔。

／

浪從遠方的海面來了。他們總會成群結隊地出現，像草原裡警覺性高的野生動物，等浪的人需要有野外攝影師般的毅力在海面等待，不躁進，卻也不猶豫。一道浪該不該追？會不會追不上而錯過了接下來更好的浪？是追到浪卻後繼無力，或還沒追就崩在身後？如何選浪，每個浪人都有自己的經驗，有時候甚至就只是單純的直覺：啊是了，這是一道屬於我的浪，即使追了代表必須放棄後面可能更好的浪頭。浪從不抄襲彼此，海裡的每道浪都是獨一無二、永不再來的；浪人不會花時間在惋惜錯過的浪裡，他們只專心衝好自己選擇的每一道浪。

沒有兩道浪完全相同，也沒有浪能夠永久存在。衝浪的本質是一個暫時、而且成就很難被保存的運動（除非衝浪的身姿剛好被攝影機拍了下來）；因此浪人總是活在當下，在浪上的那段時間的夾縫，就是衝浪的全部。不為了勝過誰，也不是為了留下什麼，或超越什麼紀錄，衝浪的過程本身就是理由。

在浪上，浪人讓自己成為經驗的載體，那些絕美的迴旋、轉身、甩浪、從翡翠色崩塌中的浪管裡高速鑽出，都注定成為只屬於自己、無法複製的私密經驗。即使外人能夠旁觀這一切，但濺在臉上的水花、浪的推力、速度感、颯過耳際的風等等，幾秒鐘內因感官急速銳化而穿過自身的大量知覺，都讓腦內的神經傳導物質像煙火同時引爆，全宇宙只有自己一人目睹這極致的美的時刻。那樣一瞬間的經驗像是強光一樣曝晒在生命的底片上，成為永恆。

因此浪人們結束在海裡的一天之後回到岸上，相約去鎮上吃小吃，喝著啤酒，在晚風中分享今天又衝到哪些好浪，然後早早就寢。

因為明天還要早起。明天，永遠有許多浪等著去追。明天浪人又將再次回到海面上。

烹飪之必要

四季豆先用水洗過，剝去粗絲，用滾水稍稍燙熟，撈起來泡在冰水裡維持脆度。接下來熱鍋，澆上薄薄一層油，等待蒜片在裡頭冒著細泡慢慢變得金黃。四季豆撈起瀝乾，下鍋與肉絲同炒，大火中快速翻炒數下，讓豆子與肉絲表面皆被熱度炙過，均勻地裹上一層油再細細撒上鹽巴，便可以趁著鑊氣裝盤上桌。

雞胸肉前一晚已經用蔥與薄鹽醃在冰箱，待電鍋煮滾後再放進去蒸，蒸到雞肉表面變白，電鍋切回保溫，讓它在蒸氣裡多燜個兩到三分鐘後便可起鍋。肉的表面上凝結著少許水珠，這樣的蒸法能讓肉汁鎖在雞胸肉的中心，那初初蒸熟的粉色部分，是雞胸肉不乾不柴的祕訣。一菜一肉，配上電鍋裡剛收飽蒸氣的白飯，裝進玻璃餐盒內，便是接下來兩天的便當，加總起來一日所需不過幾枚銅板。

東部的大學在空間使用上很是慷慨，搬進宿舍後終於有了能用的廚房。整座宿舍共用的廚房有兩座電爐一個電鍋一台微波爐，為了避開用餐時間總是排隊等著煮食的外籍生，我偏愛在無人的上午時段占用只屬於我一個人的廚房，一次準備幾餐份的便當。

青春極為短暫，但烹飪煞是費時。因此二十幾歲的我幾乎不曾想過有一天會坐在廚房裡，盯著爐火，嗅著鐵鍋裡絲絲洩出的食物香氣，就這樣過了一個下午。畢竟都市就這麼小，走出室外沒幾步就是食街，就是攤肆，至不濟總有二十四小時明亮的便利商店能提供冷凍食品。對外食族極為友善的台灣，每當放飯時間到了，整座城市就繁花盛開似的洩漏各種各樣的食物氣味吸引你。價格不貴，味道一流；姑且不論用料新鮮與否或烹調手法健不健康，對於不挑嘴的人而言，光是尋常的街邊自助餐小店就足夠日常溫飽。

開始煮菜是在英國念書的時候。國外的餐廳食物貴又種類少，其中窮學生吃得起的來來去去離不開漢堡披薩義大利麵，故凡租屋處幾乎都會附基本的廚房，自行煮食已是比說得一口正統英式英文更重要的生存技能。高緯度地區天暗得早，我對英國的印象就是下課後趕往附近的便宜超市，將一週份量的食材裝進背包裡，在夜色中沿著多風的街道騎腳踏車回家。

賃居處的廚房沒有瓦斯爐，中式快炒毫無用處，僅有加熱時溫溫吞吞的老電爐數座，底下附一方烤箱，勉強應付著歐美食譜常用的燉煮煎烤。有許多個英格蘭陽光晴好的下午，我坐在廚房的木椅上，慢吞吞的燉一鍋肉。肉先用少量的油煎過，接著放入洋蔥胡蘿蔔等蔬菜共同炒至甜味溢出，再倒入一罐Guinness黑啤酒用小火整鍋燉至爛熟，愛爾蘭式的燉肉。等待燉肉的時間是溫溫熱熱無限延長的，時間的刻痕不是走在鐘面上，而是浸在鍋裡。時間存在的痕跡就是肉的爛熟度，是蔬菜的鮮甜溶在湯裡，是細細沸騰時從燉鍋裡溢出的香氣。我用嗅覺與味覺來感受時間。

英國式的食物較好準備，但在異地，煮一道家鄉味的料理是猶如解任務般的挑戰。從上網搜尋食譜開始，還需要留意各項食材醬料如何取得（或取代），到實際出門去東市買蠔油西市買豆瓣醬地張羅，尚未進入廚房就已經是一種小小的探險。那些來自東方的味覺元素，藏在巷弄之間不起眼的亞洲超市裡，裡面的食材多來自台灣香港中國越南，是流傳於亞洲臉孔之間、一張英國小城的祕密地圖，是扎根在舌尖上的故鄉。

期末考前的週末，房東太太約了七、八位鄰人來家裡晚餐，順便當作為我餞行。作為回報，那天我一早開始就在廚房裡忙碌，最後出了十菜一湯；除了炒麵與咖哩飯以外，尚包括了蔥油雞、清炒菠菜、黑胡椒豆芽、紫菜蛋花湯等我所懷念的台灣常見料理，獲得了一桌英國人驚豔的好評（當然，也有可能部分是出於英式禮貌）。我無法讓他們親身踏足我所生長的土地，但至少我可以在餐桌上，把我所懷念的一部分台灣帶給他們。

食物的香味是記憶的鑰匙，是陌生小城裡一位隱蔽的引路人。它熟知每一片磚瓦裡藏著的歷史典故卻不張揚，日日等待著一個願意尋訪的來客。與一般人的想像不同，我們品嘗食物主要靠的是鼻腔中的嗅覺，而非舌面上僅能分辨酸甜苦鮮鹹的味覺，故鼻塞的人常會感到食之無味。氣味分子從口腔擴散到鼻腔，再經由嗅神經傳到腦中。大腦中的嗅覺區毗鄰掌管情緒與記憶的邊緣系統，嗅覺的線索很容易在意識還沒察覺到之前，就直接喚起了深埋的情緒。進食已不再單純只為了獲取營養與能量，以供肉身活下去所需；進食吃進去的是經驗，消化的是記憶。

畢竟這是個「傅胖達」（Foodpanda）與「吳柏毅」（Uber Eats）騎著機車滿街跑的年代啊，食物已上傳於雲端，拿起手機連上網路，指尖翻動間就有無數的選擇。想吃什麼再也不用特意驅車前往某處，大街小巷裡亂繞找停車位，最後在店門口一邊忍受裡頭的香味笑語，一邊排隊吹冷風。這是容易取得的年代，也是快速遺忘的年代。當覓食甚至不需走出門口，只要動動指尖，沒多久就有人帶著食物出現在你家樓下按電鈴；接下來食物搭配著YouTube短片或Facebook的轉錄文章一起被吃下肚，塵歸塵土歸土，只有熱量與垃圾能夠證明這頓飯曾經存在過。

一位曾在醫學上啟發我許多的老師，這幾年在醫院附近租了一塊地，種些番茄蘿蔔高麗菜什麼的。老師是農家子弟，對務農本就不陌生，利用下班後的餘裕除草澆水，竟也能把一方田園整治得有模有樣。一次路過高雄去拜訪他，他熱情地招呼我去他的田裡逛逛。那日結束以後拎了一球高麗菜、一棵大頭菜、滿滿一袋小番茄外加數根白蘿蔔搭上高鐵，皆是當天從土地上摘取的，天然無農藥。回去後把大頭菜切片，與蘿蔔、排骨同煮成一鍋，正當時令的蘿蔔熬到幾乎化在湯裡，無比鮮甜。

這道蘿蔔排骨湯其實在更早以前就已經拉開序幕了。是鍋中開始飄出香味的時候，是在流理台洗去蘿蔔表面附著的薄土的時候，是那個下午把白胖胖的蘿蔔從土裡拔出來的時候；而對我的老師來說比那更早，可能是在秋天的西晒陽光下澆水的時候，甚至早在播種的時候，食物就已經開始被其他感官所品嘗了。

即使我還沒能力自己從土地裡種出作物，但我仍珍惜著用餐以前那段煮食的時光。無論工序是否繁複，食材是否昂貴，甚至成果也未必美味；但是那段因親身貼近食物而充滿香氣（當然也可能是油煙與腥味）的等待，讓享用一頓飯的經驗，被拋光、打磨，被沿著各種感官，朝著時間的過去與未來兩端，無限地延長下去。

神都在這裡

神靜靜地睡著了。

這世界原本是神的世界。神充斥在每個角落：風裡有神，火裡有神，神創造了雷與閃電，神是死也是生，是太陽是雨水同時也是時間。

那時的生活裡處處有神，人與神活在同一個時空之中。神會發怒，會欲望會嫉妒；神偶爾做好事，但大多做的是自己高興的事。神有時候會介入生活，改變人的命運，那時候的命運還是一彎細細的線，懸著懸著彷彿隨時等著要斷。

有時人在豐收之後，也會戴上面具，演神的故事。映著村落裡暗暗的火光，人用神的身姿跳舞，恍惚之間那背影彷彿就是神的。在面具與戲服底下，人也可以在舞台上暫時成為神，神似乎不再那麼遙不可及，神的故事可以被演出、被言傳，透過各種神話，人觸摸不到神但能因此知曉神的心意。

雖然大多數的時候神不說話，但你知道，神在。

然後神逐漸變老了。神也是會老的，神老去是因為人開始發展文明。人先創造了火，再發明了電，人開始擁有神的特權，撥網路電話幾秒鐘能連接到地球另一端去，也能買張機票就乘著飛機移動到任何地方。人知道月亮會繞著地球旋轉，而太陽只是宇宙裡的一顆恆星，再更遙遠的宇宙裡有數不清的太陽系。宇宙裡沒有天堂，沒有地獄，沒有奧林帕斯山或是西方極樂世界，有的只是黑洞、背景輻射，有的只是無止境的虛無。一直沒有人能找到神的證據，彷彿祂們根本就不存在，有人說神已死，神話只是一場騙局。

但即使神不存在，人的苦難還在，人的受苦和七情六欲，跟幾千年前的人類相差無幾：會有愛恨，會有背叛，會有壓抑的欲望和對死的恐懼。人是從哪裡來的呢？死後又將到哪裡去？這些是科學無法解決的，但皆是神話裡反覆描述的主題。於是人又開始懷念起神存在的時代了。至少那個時候有神在幕後撐起受苦的原因，神提供一種解釋，神替苦難賦予意義。

神因為人的離去而陷入了很長很深的睡眠，又因人的需要再次醒了過來。

後來我們發現，人生裡總是有某些時刻，是希望神是存在的。我們會出現在神的夢裡嗎？抑或是我們睡著了，神才開始出來活動？神在我們的夢裡編織白日的記憶，編成衣服塑成面具，衣服的纖維裡有燃燒柴火的香氣；神讓那些現實中的人在夢裡都獲得了自己的角色，上演一齣齣的劇本，那些劇本仔細看依稀是被遺忘已久的神話，神的話語其實早就已經告訴我們，只是我們時常忘記。

榮格在墓誌銘上刻著：「不管是否受到召喚，神都在這裡。」榮格深深地睡著了，回到他所信仰的潛意識裡，但神一直都在。

後記
值班室內的囈語

精神醫學（psychiatry）、神經科學（neuroscience）、行為科學（behavior science），是近年來論文引用次數最多的幾個科學領域之一。這並不代表我們對大腦的瞭解已經夠多了，而很可能是相反：人類對自己大腦、意識、行為與感受的研究，現在才正要開始。

在精神醫學出現之前，對於人類的行為與經驗探索可能是屬於宗教的領域。無論是在中世紀的西方或是原始部落裡，對某些現在在精神醫學裡被命名為「症狀」或是「疾患」的經驗，其實是用更靈性、更超自然的方式去理解的。

順著現代化的洪流，精神醫學作為自然科學中一個新興的學科，像河川一樣襲奪（capture）了對於這些經驗的話語權。對於這些被命名為「精神疾患」的經驗，醫學從描述、定義、統計開始，一直到後續的治療（心理治療或藥物治療），雖不至於盡善盡美，但仍可說是取得了相當程度的進展。同一時間，反對把這些經驗過度醫療化的聲浪也如影隨形地出現。在此，我想要先擱置醫學與人文學科之間的爭論，以一個精神科醫師／臨床工作者／寫作者的身分，去思索「精神醫學」對我而言代表著什麼樣的意義。

因此，書寫於焉展開。

／

只是這樣的書寫並不輕鬆。

萬物皆有裂縫

書寫的過程是拉扯，也是撕裂。拉扯來自於兩種不同的身分——在學術體系內代表理性與科學性的專科醫師，以及純然感性、甚至跨越到哲學思索的寫作者；拉扯來自於寫作時知識精確性與文字藝術性的取捨；拉扯也來自對於他人經驗如何隱蔽與何時得以使用的兩難。多種力量的拉扯幾乎在寫作過程中成為撕裂，撕裂造成疼痛，卻也可能在過程中分娩出新的、空白的對話場域。

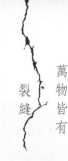

在寫作過程中，有許多醫學專業以外的書籍對我影響很大，即使我不一定完全同意書裡面的說法。例如本書中每一章節的標題皆引用自《卡塔莉娜》，那是人類學家朱歐．畢尤在巴西療養院內進行的民族誌研究，同時「卡塔莉娜」也是研究對象幾乎被整個社會遺忘的名字。《卡塔莉娜》是詩意而哀傷的，除了學術價值以外，幾乎毫無疑問可以被視為一部文學作品。雖然書中描述的療養院景況無法被直接移植於現今健保制度下的台灣，但我相信在核心的部分卻是相似的——精神醫學或許對症狀解除有些幫忙，但對於那些病患被整個社會塗銷、拋棄、遺忘的人性處境，卻讓精神醫學龐雜的知識體系顯得蒼白而無力。

關於那些個案的生命故事，已有太多前行者寫下夠豐富夠好的內容了，我自認無法在這方面增添太多新的想法；醫學領域內也有太多比我走得更遠的前輩，留下科學性或知識性的著作。因此我在這本書裡寫下的，多是從「我」自身的角色出發，以一個精神科醫師的身分發言，述說「我」是如何思考與經驗精神醫學的每一個部分。

因此書寫也是思索過程中留下來的摩擦的痕跡。我在結束專科訓練以後，藉由寫作的機會重新爬梳那些在精神醫學中早已被僵化定義的症狀，那些我曾與個案共同生活過的醫療場域，以及我自己作為一個人的生命經驗。那些私密的自我經驗可能看起來與精神醫學關係不大，但仍必須感謝我從五年精神科的訓練裡所獲得的智慧，成為我在通過某些生命關卡時必要的養分。

幾位個案會定期追蹤我的寫作發表進度，並在治療過程中回饋給我他們的感想。坦白說，我並不習慣臨床工作者的身分跟寫作者的身分互相混淆（尤其是散文如此私密的文體），甚至在不同場域裡會有意識地把兩個身分進行區隔，以免在臨床工作中摻入太多我無法掌控的變數。但在網際網路鋪天蓋地的時代裡，你很難在Google大神面前保有絕對的隱私——那樣像是記錄者又像審判者、不老不死並擁有絕對權威的「大神」，彷彿不只是對搜尋引擎一個戲謔的尊稱而已了，而像一種可怖的預言。幸好那些個案對我頗為寬容，不吝從讀者的身分，提供給我第一手來自於精神疾患經驗者的回應。

一本書在被閱讀之後才算是真正的完成，在那之前，這些文字都只能算是一位精神科醫師在值班室內的囈語。我衷心希望讀到這本書的人，能夠獲得對精神醫學在科學性上有一定程度的理解（即使本書並非衛教或科普書籍），並且如果可能，亦能夠在閱讀中感受到些許思考，或是藝術性的美感。

而我也知道，即使再怎麼努力，本書仍然不可能涵括所有精神醫學相關的面向。因此本書的寫作內容並不希望能妄稱代表所有人發言，而是作為一個基礎：關於精神醫學，或許可以這樣被人經驗著，但也有更多的可能性尚未被書寫出來。本書的寫作不應被視為一道限制的藩籬，而可以作為一個開端：無論是一場對話，一個故事，或一次旅程。

如同我所期望的，精神醫學的本身。

二〇二一年二月

致謝

感謝在計畫審查時提醒我許多寫作上盲點的許又方教授與張寶云教授，以及在論文口試時給我許多寶貴建議的李依倩教授與李維倫教授。研究所的指導老師——吳明益教授，用他對寫作的態度，教會我許多無法用文字或語言傳達的事物。感謝東華大學的山、河、海、鳥與植物，以及在寫作這本書的過程裡，進入我生命的家人們。

延伸閱讀書目

‧王文基、巫毓荃主編，《精神科學與近代東亞》，初版，新北：聯經。
‧蔡友月，《達悟族的精神失序——現代性、變遷與受苦的社會根源》，初版，新北：聯經。
‧羅伊‧波特，《瘋狂簡史》，初版，新北：左岸。
‧米歇爾‧傅柯，《古典時代瘋狂史》，初版，台北：時報。
‧賈德森‧布魯爾，《渴求的心靈——從香菸、手機到愛情，如何打破難以自拔的壞習慣？》，初版，台北：心靈工坊。
‧米哈里‧契克森米哈伊，《心流——高手都在研究的最優體驗心理學》，初版，新北：行路。
‧安德魯‧所羅門，《正午惡魔——憂鬱症的全面圖像》，初版，新北：大家。
‧廖瞇，《滌這個不正常的人》，初版，台北：遠流。
‧朱歐‧畢尤，《卡塔莉娜——關於生命療養院，以及人們如何被遺棄的故事》，初版，新北：左岸。
‧譚亞‧魯爾曼，《兩種心靈——一個人類學家對精神醫學的觀察》，初版，新北：左岸。

國家圖書館預行編目資料

萬物皆有裂縫／阿布著. --初版. --臺北市：寶瓶文化事業股份有限公司, 2021.12, 面；公分. --(Island；311)

ISBN 978-986-406-267-6(平裝)

863.55 110019059

Island 311

萬物皆有裂縫

作者／阿布

發行人／張寶琴
社長兼總編輯／朱亞君
副總編輯／張純玲
資深編輯／丁慧瑋　編輯／林婕伃
美術主編／林慧雯
校對／丁慧瑋・陳佩伶・劉素芬・阿布
營銷部主任／林歆婕　業務專員／林裕翔　企劃專員／李祉萱
財務主任／歐素琪
出版者／寶瓶文化事業股份有限公司
地址／台北市110信義區基隆路一段180號8樓
電話／(02)27494988　傳真／(02)27495072
郵政劃撥／19446403　寶瓶文化事業股份有限公司
印刷廠／世和印製企業有限公司
總經銷／大和書報圖書股份有限公司　電話／(02)89902588
地址／新北市五股工業區五工五路2號　傳真／(02)22997900
E-mail／aquarius@udngroup.com

著作完成日期／二〇二一年六月
初版一刷日期／二〇二一年十二月三日

ISBN／978-986-406-267-6
定價／三三〇元

贊助單位／國藝會 NCAF

AQUARIUS 寶瓶文化事業

愛書人卡

感謝您熱心的為我們填寫，
對您的意見，我們會認真的加以參考，
希望寶瓶文化推出的每一本書，都能得到您的肯定與永遠的支持。

系列：Island 311　**書名：萬物皆有裂縫**

1.姓名：＿＿＿＿＿＿＿　性別：□男　□女

2.生日：＿＿年＿＿月＿＿日

3.教育程度：□大學以上　□大學　□專科　□高中、高職　□高中職以下

4.職業：＿＿＿＿＿＿＿

5.聯絡地址：＿＿＿＿＿＿＿＿＿＿＿＿＿＿＿

聯絡電話：＿＿＿＿＿＿＿　手機：＿＿＿＿＿＿＿

6.E-mail信箱：＿＿＿＿＿＿＿＿＿＿＿

□同意　□不同意　免費獲得寶瓶文化叢書訊息

7.購買日期：＿＿ 年 ＿＿ 月 ＿＿日

8.您得知本書的管道：□報紙／雜誌　□電視／電台　□親友介紹　□逛書店　□網路　□傳單／海報　□廣告　□其他

9.您在哪裡買到本書：□書店，店名＿＿＿＿＿　□劃撥　□現場活動　□贈書

□網路購書，網站名稱：＿＿＿＿＿＿　□其他＿＿＿＿＿

10.對本書的建議：（請填代號　1.滿意　2.尚可　3.再改進，請提供意見）

內容：＿＿＿＿＿＿＿＿＿＿＿

封面：＿＿＿＿＿＿＿＿＿＿＿

編排：＿＿＿＿＿＿＿＿＿＿＿

其他：＿＿＿＿＿＿＿＿＿＿＿

綜合意見：＿＿＿＿＿＿＿＿＿＿＿＿＿＿＿＿＿＿＿

11.希望我們未來出版哪一類的書籍：＿＿＿＿＿＿＿＿＿＿＿＿＿＿

讓文字與書寫的聲音大鳴大放

寶瓶文化事業股份有限公司

（請沿此虛線剪下）

廣　告　回　函
北區郵政管理局登記
證北台字15345號
免貼郵票

寶瓶文化事業股份有限公司　收

110台北市信義區基隆路一段180號8樓
8F,180 KEELUNG RD.,SEC.1,
TAIPEI.(110)TAIWAN R.O.C.

（請沿虛線對折後寄回，或傳真至02-27495072。謝謝）